KB001214

무너지는 자존감을
어찌할 수 없을 때

무너지는 자존감을
어찌할 수 없을 때

소손 에세이

내 마음을 읽어준 문장을 만났을 때,

내게서도 문장이 시작되었습니다.

나를 막아서는 나에게

자존감

내가 이해하는 자존감이란,
내 존재에 대한 자신감이다.

잘났거나 못났거나
내가 나라는 사실에 자신감을 갖는 것.

잘하거나 못하거나
내가 나일 수 있음에 자신감을 갖는 것.

최악의 상황에서

한 줄기 빛조차 들어오지 않는,
언제 끝날지도 모르는 터널을
그래도 걸어야 할 때가 있었다.

그 때 친한 선배가 해 준 말이 나를 계속 걷게 했다.

"최악의 상황에서 최선을 다할 수 있는 사람은
최선의 상황이 주어졌을 때 최선을 다할 수 있다."

빛이 들어오지 않아도
두 다리의 힘을 믿고 걷기로 했다.

노력해도 안 되는 나에게

아무리 애를 써도 자존감을 지키기 어려운 때가 있었다. 노력해도 안 됐을 때, 정말 치열하게 부딪쳤지만 아무런 성과를 만나지 못했을 때 그랬다. 아무것도 남은 게 없다는 생각은 너무 쉽게 나를 저 밑바닥으로 끌어내린다. 그 공허함은 나를 무너뜨리기에 충분하다.

그럴 때마다 무너지지 않기 위해서 '할 일 적기'를 시작했다. 절망이 가득한 상황이었지만 '할 일'도 충분히 많았다. 다이어리에 체크박스를 만들고 그 옆에는 할 일을 적었다. 할 일이 작고 보잘것없어도 상관없다. 중요한 건 내가 무너지지 않는 거니까.

· 오랜만에 보고 싶은 친구에게 만나자고 톡 보내기

· 서점 가서 1시간 돌아보며 책 1권 사기

· 이태원클래스 한 편 보기

· 3년 전 일기 꺼내 읽기

· 책상 정리하기

온갖 할 일을 적어나갈 때면 다른 것들은 잠시 머릿속에 들어오지 않았다. 할 일이 아무리 사소해도 효과는 확실했다. 다른 건 생각나지 않았고, 마음에 드는 펜으로 내 다이어리에 서걱거리며 기록할 때만큼은 온전히 그 행위에 집중할 수 있었다. 종이에 할 일을 옮겨 적으면서 한결 차분해진 마음으로 그제야 숨을 고를 수 있게 됐다. 상황이 바뀐 건 아니었다. 그렇지만 기분은 확실히 바뀌었다.

나를 무너뜨리는 상황이 닥치는 건 사소한 일일 지도 모른다. 내가 무너지지 않으려면 뭘 해야 하는지 알고 있다면 말이다.

문장도 습관이다

'내한 공연을 보러 올림픽공원에 갔다. 몇 년 만에
내한하는 가수의 공연이라 한껏 기대감에 부풀었다.
그렇게 도착을 하고 보니 비가 오고 있었다. 당황스
러웠다. 짜증이 확 났다. 얼마나 기대한 공연인데,
하필 비가 오는구나. 운도 더럽게 없지. 좋은 날인데
비 때문에 모든 걸 망쳤다.'고 쓸 수 있었다.

나는 이렇게 고쳐 쓰기로 했다.

'내한 공연을 보러 올림픽공원에 갔는데, 운이 없게
도 비가 왔다. 별수 없이 찜찜한 마음으로 불편한 우
의를 입고 입장을 했다. 그래도 몇 년간 기다려 온
가수의 공연을 볼 수 있어서 제대로 즐기다 왔다. 비

가 오는데도 포텐을 터뜨려주는 공연을 보자니, 짜
증났지만, 충분히 즐거운 날이었다.'

문장도 습관이다.

구체적으로 긍정하기

자존감이 또 한 없이 내려가 있을 때,
혼자서 열심히 땅굴을 파고 있을 때,

혼자서 되뇌는 말을 하곤 한다.

'난 잘할 수 있어.
앞으로 괜찮을 거야.
나아지겠지. 그럴 거야.
내일은 내일의 해가 뜨니까.'

언제부턴가 이런 말들조차 나를 갉아먹기 시작했다.
긍정의 힘은 효과가 없었고, 긍정하다가 꼬꾸라질
때, 충격이 더 크다는 걸 알게 됐다.

난 다음 기회에도 잘하지 못 했고,

앞으로 갈수록 다음 상황은 늘 최악이었다.

상황은 나아지지 않았고,

내일은 내일의 해가 떴지만,

나랑은 상관없는 일이었다.

그렇게 여러 번 땅으로 꺼지고 나서야,

언어에 구체성을 입히기 시작했다.

막연한 표현을 피하기 시작했다.

'난 잘할 수 있어.' 대신에,

'내일 아침에는 바로 일어나서 씻고, 카페에 가서 정신 차리고 내 할 일을 할 거야. 그렇게 점심 먹기 전에 꽤 괜찮은 정신 상태로 여유 있게 메뉴를 고르겠어.' 같은 구체적인 말을 되뇌기 시작했다.

물론, 상황이 모두 나아지진 않았다.

여전히 현실은 거칠다.

분명한 건, 상황을 대하는 나는 나아졌다.

나는 쉽게 꼬꾸라지지 않는다.

나는 엎어진 나를 일으키는 말을 할 수 있게 됐다.
나는 이제야 구체적인 언어로 내게 말을 건넨다.

우스운 사람, 잘 웃는 사람

'우스운 사람'과 '잘 웃는 사람'은 한 끗 차이다.

우스운 사람은 웃고 싶지 않을 때조차 '관계'를 위한
답시고 웃는다. 웃지 않아야 할 때와 웃어야 할 때
를 구분하지 않는다. 재미없는 얘기에도 반응하고
웃어 준다. 그러다 보면, 어느새 주위에서 '우스운
사람'이 되어 있다.

잘 웃는 사람은 아무 때나 웃지 않는다. 웃길 때 웃
고, 즐거울 때 웃고, 웃고 싶을 때 웃는다. 웃어야 할
때와 웃지 않아도 될 때를 구분하는 것이다. 자연스
럽게 남들이 함께하기를 원하는 '잘 웃는 사람'이 된
다.

변하지 않는 나에 관하여

20대에는 친구들과 '내가 누군지', 혹은 '내 기질이 무엇인지' 묻고 답하는 대화를 격렬하게 많이 했던 것 같다.

'너는 너무 둔감해.'

'나는 너무 예민해.'

'너는 너무 진지해.'

'나는 너무 가벼워.'

'너는 참 무심해.'

'나는 참 소심해.'

'나는 너무 공격적이야.'

'너는 어떻게 그렇게 차분해?'

'나는 왜 늘 생각보다 행동이 앞설까?'

타고난 기질을 발견하고 부족한 부분을 채우려는 노력은 나쁜 게 아니다. 모자란 구석을 더 낫게 만들려는 생각이 나쁠 리가 없다. 그런데 문제는 그 기질이란 것이 완전하게 바뀌지는 않는다는 것이다. 30대에 들어서면서 그걸 인정하기로 했다. 내 기질을 바꾸어야 할 무엇으로 여기다 보니까, 그걸 해내지 못할 때마다 스스로를 너무 쉽게 탓하고만 있었다. 그만두기로 했다.

대신에 갖고서 태어난 기질과 잘 지내려고 마음을 고쳐먹었다. 내가 바뀌어야 한다는 마음은 내려두었다. 나는 좀 소심하지만, 대신 세심하다. 너는 좀 가볍지만, 유쾌한 사람이다. 나는 좀 공격적이지만, 대신 뒤에서 남 말을 하지 않는 솔직한 사람이다. 내 기질은 바뀌야 할 무엇이 아니라, 잘 지내야 할 무엇이다.

나는 생각이 너무 많아

나는 '나'에 대한 생각이 너무 많았다.

내가 소심한 사람인지,
내가 제때 용기를 내지 못하는 사람인지,
눈치를 많이 보는 사람인지,
나는 잘하는 게 없는 사람인지,
내가 남들의 시선을 중요하게 여기는 사람인지,
내가 쓸데 없는 생각이 너무 많은 사람인지.

'나에 대한 생각'은 언제나 꼬리를 물었고,
나는 그 생각들이 쏟아지는 걸 그대로 두었다.
어쩌면 그런 생각을 통해서만 나를 찾아갈 수 있다
고 믿었다.

생각이 너무 많아져서 머리가 아플 지경이 되고 나자,
'내가 누군지 알고 싶은 나'의 옆에는
'내가 누군지 관심 없는 나'도 있다는 것을 알게 됐다.

한동안 후자로 살아보기로 했다. 이제는 주위에서
내가 어떤 사람인 것 같다는 이야기를 들으면,
그저 "그래?"하고 만다.

이전의 나였다면, 어떤 일이 벌어진 이유를 또 나에
게서 찾고 있었을지 모른다.

"내가 너무 소심해서 그랬나?"
"내가 너무 신중하지 못한 사람인가?"
따위의 이유 말이다. 나에 대한 생각이 너무 많을 때
는 자연스럽게 나에게서 이유를 찾았다.

내가 누군지 관심을 조금 내려놓고 나자, 이유를 나
에게서 찾는 일도 잠시 그만두었다. 지금은 '내가 누

군지 별다른 관심 없는 나'로 사는 게 편하다. 그걸
로도 충분히 내가 마음에 든다.

그저 기분이 나빴던 것이야

기분 나쁜 일은 예고 없이 찾아온다.

지하철에서 예기치 못하게 날 치고 가는 사람을 만
날 수 있다. 무례한 사람이 내 기분을 망치고 갈 수
도 있다. '도를 아십니까'한테 여러 번 잡혀서 기분
이 나쁠 수도 있다.

그런 일이 생겼다고 해서 '왜 나한테 이런 일이 생기
지?'라는 질문을 떠올리는 순간, 덫에 빠진다.

이제는 기분이 나쁜 일이 있을 때
이렇게 되새기곤 한다.

'그저 기분 나쁜 일이 일어난 거야.'

그저 기분이 조금 나쁜 것에서 끝내면 된다.

될 일, 안 될 일

될 일은 내가 아니었어도 됐다.
안 될 일은 내가 열심히 했어도 안 됐다.

때로는 이렇게 생각하기로 했다.
나도 할 만큼 했다고,
이보다 더 애쓸 수는 없었다고.

내 노력에 대해 인정하고 흘려보내는 것도 재능이
다. 어쩌면 이게 내가 가장 애써야 할 부분인지도 모
른다.

인생 브금

유튜브를 한참 보다가 유튜버를 고유하게 만드는 것
이 무엇일지 궁금해졌다. 유튜버가 어떤 사람인지,
또 유튜버가 다루는 콘텐츠가 무엇인지도 너무 중요
해 보였다. 그러다가 '브금(BGM)'이 눈에 들어왔다.
유튜버가 자신의 채널의 색과 잘 맞아떨어지는 브금
(BGM)을 활용하면 그 사람의 고유함이 입체적으로
다가온다. 브금 활용에 따라 콘텐츠의 질감도 확연
히 달라졌다.

유튜버에겐 브금이 있듯이 내 일상에는 트랙이 있
다. 평소에 어떤 음악을 즐겨 듣는지가 내 정서를 결
정한다. 넬과 이소라를 듣다 보면 꽤 가라앉고, 쉽게
나른한 기분에 젖는다. AOMG의 음악을 들으면 좀

더 패기 있고 강렬한 내 모습을 보게 된다. 제이슨 므라즈나 에드 시런의 음악은 왠지 내가 일상의 모험가가 된 듯한 산뜻한 기분을 준다.

내가 듣는 노래가 내 정서를 좌우한다. 20대에는 내가 듣는 노래가 내 정서를 좌우하게 내버려두었다. 30대에는 내가 원하는 정서를 유지하기 위해서 트랙을 선택하기로 했다.

해봐야 알 수 있는 것, 알아야 할 수 있는 것

20대 때에는 내 생각과 내 감정을 통해서만 나를 알아가려 했었다. 지금도 여전히 나를 알아가는 일에 대해 관심이 많지만 그때완 조금 달라졌다.

이제는 머리를 쓰거나 마음을 쓰는 것을 넘어서, 내 행동을 통해서 나를 알아가고 있다.

'알아야 할 수 있는 것'들이 있듯이, '해봐야 알 수 있는 것'들도 있다는 것을 알게 됐다.

부딪힌 적조차 없이, 나 자신에 대한 이런저런 짐작만으로 내가 나를 알 수 있다고 생각하지 않기로 했다.

대신에 부딪힐 수 있는 만큼 여러 번 세상에 부딪쳐
보기로 했다. 아프지 않았다고 할 수는 없지만, 한
꺼풀 벗겨진 나를 만날 수 있어서 반가웠다.

머리로 '아는 만큼의 나' 말고,
부딪히며 '해본 만큼의 나'가 거기 있었다.

죄송합니다

언제나 공손한 친구가 한 명 있다. 그 친구는 아르바이트 하는 분들에게 부탁할 때마다 "죄송한데요," "죄송합니다만,"을 덧붙이곤 했다.

나는 그 친구가 착하고 겸손한 친구라 생각했지만, 나중엔 그게 아니란 걸 알았다. 잘못한 적 없을 때조차 상사에게 사과를 구해야 했던, 말도 안 되는 상사를 오랜 시간 감당해내느라 생겨버린 슬픈 습관에 가까웠다.

무례하지 않으면서도 떳떳하게 부탁을 할 수 있다. 공손한 태도로도 당당하게 부탁할 수 있다.

나를 필요 이상으로 높이거나

나를 필요 이상으로 낮추거나 하는 일 없이

감사할 때 감사하다고 하고

미안할 때 미안하다고 할 수 있다면.

그것만으로도 건강한 관계다.

핑계와 합리화

핑계를 대고 살면 자존감 낮은 사람이 되고,
합리화를 많이 하고 살면 뻔뻔한 사람이 된다.
핑계와 합리화, 그 둘 사이 어딘가에서 살고 싶다.

대박 사건

언어는 감정의 체다.

내 언어가 가난할수록 감정의 체가 헐거워진다.
내 언어가 풍부할수록 감정의 체는 촘촘해진다.

어떤 일에나 '대박 사건'을 남발하는 친구가 있었다.
별 것 아닌 일을 겪어도 '대박 사건'이라고 이름 붙
이고, 정말 힘든 일이 생겼을 때도 '대박 사건'이라
고 부르는 통에 나는 내가 언제 친구의 이야기에 귀
를 기울여야 하는지 알지 못했다.

알 수 없었다. 친구에게 얼마나 심각한 상황이 닥친
건지도 나는 제대로 전달받을 수 없었다.

언어가 가난하면,
감정도 가난하다.

리스트업1

인턴을 할 때 가장 많이 한 업무는 '리스트업'이었다.

시장 조사를 하면 리스트업.

레퍼런스를 찾을 때도 리스트업.

거래처를 찾고서도 리스트업.

리스트업 스킬을 나를 위해 사용하기로 했다.

나를 편안하게 만드는 문장 리스트업이다.

· 할만큼 했지.

· 오늘만 날인가.

· 이만하면 됐지.

· 그럴 수도 있지.

· 이거 아니어도 돼.

· 지금 아니어도 돼.

· 이 사람 아니어도 돼.

· 그럴만 한 이유가 있겠지.

· 그럴 수도 있고, 아닐 수도 있지.

내가 편안해지는 문장을 모으면서,

나는 내가 원하는 방식으로도 생각할 줄 아는 사람

이라는 것을 알게 됐다.

무기력을 이기는 법

숨 쉴 틈 없는 일상에 치일 때는
주말을 그렇게나 기다렸다.

우습게도 막상 아무 일정이 없는 주말이 되면,
무얼 해야 하는지도 모르는 채로 기분이 우중충했
다. 쉬는 것도, 쉬지 않는 것도 아닌 채로 괜히 무기
력했다.

그렇게 푹푹 꺼지고 있을 때,
밖으로 향하기 시작했다.

이때 중요한 건 씻지도 않고, 모자 쓰고, 후드 입고,
5분 내로 출발하는 것이다. 나한테 시간을 좀 더 주

게 되면 나는 안 나갈 이유를 31가지쯤 만들어낼 것
이니까.

그리고는 무작정 한강이나 여의도, 혹은 서울숲이
나, 양재 시민의 숲을 찾는다.

내 관심은 우중충한 내 마음에서 조금씩 벗어난다.
사실, 벗어난다는 생각조차 못하고 벗어난다.

산책하는 사람들이 눈에 들어오고
그들이 데리고 나온 반려견들과
쉬러 나온 사람들의 표정을 보는 순간,
내가 쉬러 나왔음을 알게 된다.

그렇게 기분이 나아질 때쯤,
전화해서 바로 불러낼 수 있는 친구가
3명만 있어도 그렇게 마음이 좋다.

내가 왜 우울한 상태에 놓인 건지
무기력한 나는 무엇이 문제인 건지
골똘하게 생각하기 시작하는 순간
덫에 걸린다.

내가 무기력한 상황에 놓일 때
갈 곳을 미리 정해버리고 때가 되면
그냥 그곳으로 향하기로 했다.

나아지려는 강박

나은 사람이 되어야 한다는 강박이 있었다. 내 부족함을 마주하고서 시작된 이 강박은 생각보다 오래갔다. 더 나은 사람이 되는 것만이 자존감을 높여 줄 거라는 생각까지 더해지면서 강박은 더욱 견고해졌다.

강박이 커질수록 무너지는 일도 쉬워졌다. 내가 아무리 모든 방면에서 나아져도, 나보다 나은 사람은 셀 수 없이 많았다. 어떤 방면에서나 나보다 더 뛰어난 사람은 언제나 한 명쯤은 있었다.

이게 아니라는 생각이 들었다. 더 나은 사람이 되고 싶다는 생각은 여전했지만 이런 방식으로는 안 된다는 생각이 들었다. 비교하며 줄 세우며 나를 치켜올리는 방법은 정말 아닌 것 같았다.

나는 나만의 고유함을 주목해보기로 했다. 나만이 갖고 있는 관점, 경험, 관계, 자질, 능력, 색깔에 대해서 쉬지 않고 적었다. 그렇게 늘어놓은 것들을 바라보면서, 이 모든 걸 동시에 갖고 있는 사람은 나뿐이라는 생각을 하기 시작했다.

이 모든 특징을 가진 사람은 세상에 유일하게 나 하나라는 것을 똑바로 바라보기 시작했다. 이젠 남들과 비교를 하지 않아도 내가 나 자신으로서 마음에 든다. 이제야 내가 더 나은 사람이 된 것 같다.

자존감의 적

내가 언제 쉽게 무너지는 건지 한 번 분석을 해보기로 했다. 내가 쉽게 자존감이 무너지는 상황들을 쭉 적어놓고, 왜 그렇게 된 것인지 따져보았다. 적다 보니까 예상외로 '미루는 습관'이 가장 큰 적이었다.

제때 못 일어나니까 씻고, 준비하고, 나가는 데 시간이 길어졌다. 약속에 늦은 나는 친구의 가벼운 핀잔에도 쓸데없이 작아졌으며, 돌아서서 집에 갈 때는 나 스스로도 나를 꾸짖고 있었다.

왜 제때 일어나지 못하는지를 따져보니, 잠이 드는 시간을 미루고 있기 때문이었다. 할 일을 하는 것도 아니고, 그렇다고 푹 쉬는 것도 아니면서 침대에 누워 유튜브나 보는 시간이 너무 길었다. 잠이 드는 것을 미루고 있었다.

해야 할 일도 그랬다. 제때 시작하지 않고 미루었더니, 할 일이 쌓여서 결국 마지막엔 사람들과 갈등을 피할 수가 없었다. 모면을 피하려고 핑계를 댈 때마다 내 자존감은 꼬꾸라졌다. 나 스스로에 대한 실망감도 누적 데미지였다.

지금도 여전히 나는 많은 일을 미루고 산다. 그렇지만 의외의 적이 무엇인지 알고 나서는, 미루는 일을 줄이게 됐다. 좀 더 빠르게 일에 착수하는 방법을 마련하기 시작했다. 그러다 한 번씩 미루던 일이 또 터졌을 때는 나 자신에게 핑계를 대는 일을 점차 줄였다. 그 대신에 무엇을 미뤄서 일이 생겼는지 곰곰이 따지는 습관이 생겼다.

이젠 핑계를 만드는 일도 줄었고, 남들에게 핀잔을

듣는 일도 줄었다. '미루기'를 조금 줄였을 뿐인데도,
이미 많은 것들이 달라져 있었다.

나는 이렇기도 저렇기도 한 사람

나를 설명해내는 게 어려웠다. 내가 어떤 사람인지 나에게조차도 친절히 설명할 수 없었다. 나를 잘 담아내는 수식어나 내게 꼭 맞는 형용사를 찾아내지 못한 것 같았다.

그러다 책에서 어떤 개념을 만나게 됐다. '상황맥락적 기질(if-then signature)'은 사람의 기질이 고정된 것이 아니라, 상황에 따라서 다를 수 있다는 것을 말하는 것이라고 한다. 그 개념은 내게 기분 좋은 해방감을 줬다.

나는 이렇기도 하고 저렇기도 한 사람이다.
나는 상황에 따라서 다르게 반응할 뿐이다.

나는 소심하고 잘 나서지 않는 사람이다.

나를 잘 알지도 못하는 사람들 사이에서

그들에게 쉽게 판단 받을 것 같은 상황일 때.

동시에 나는 적극적이고 주도적인 사람이다.

나를 지지하고 공감해주는 사람들과 얘기할 때.

어떤 상황에서나 일관된 모습일 필요는 없다.

내 모습이 상황마다 조금 다르다고 해도

당황할 필요는 없다.

선순환

한 때, '감사 일기'를 쓴 적이 있다. 그전에는 다른 사람들이 감사 일기를 쓰는 게 쉽게 이해되지 않았다. 정작 내가 너무 힘든 시기를 보내게 되자, 자연스럽게 쓰게 됐다.

50일간 지속했는데 그야말로 '감사한' 시간이었다. 어떤 고통스러운 시절에도 사람은 감사의 실마리를 발견할 수 있는 존재란 걸 알게 됐기 때문이다. 당시 나는 얼마나 감사할 일이 없었던지, '아침에 눈을 떴는데, 천장이 보여서 감사하다'고도 남겼다.

또, 감사는 자꾸 복리처럼 커졌다. 이것에 감사하다 보니까, 저것도 감사해지는 것이다. 자꾸 감사할 것들이 눈에 띄었고, 어느새 안도감이 내 정서의 무게 중심을 잡아주고 있었다. 어느 시점에는 그 어두운 시절을 넘어설 만큼 감사할 일들을 찾게 됐고, 감사 일기를 자연히 그만두게 됐다.

힘든 시절이 오지 않았으면 좋겠다. 그런다고 안 올 리가 없지만, 그 시기가 또 오게 되면 가장 먼저 감사 일기를 찾을 것 같다.

말 주머니

사람들은 저마다 보이지 않는
'말 주머니'를 들고 다닌다.

모두가 주머니를 갖고 있지만,
모든 주머니에 같은 말이 들어있는 건 아니다.
그 주머니에는 자신이 담고자 하는 말이 담긴다.

나를 낙담시키는 막말,
나를 일으켜주는 조언,
나를 넘어뜨리는 폭언,
나를 든든하게 하는 위로.

누군가는 비판적인 말이 자신의 주머니에 담기는 것

을 허용하지 않는다. 누군가는 힘이 돋는 말만 자신의 주머니에 담기를 원한다. 누군가는 스스로를 무너뜨리는 말을 습관적으로 담기도 한다. 누군가는 자신의 빛나는 면을 주목하는 말을 소중하게 담는다.

주머니를 열었을 때,
우리는 우리가 담은 것만을 볼 수 있게 된다.

리스트업 2

나를 편안하게 하는 문장들을 리스트업 하고 나서, 마음이 심란할 땐 노트를 펼쳐 보았다. 내가 써 놓은 문장들을 바라보니, 그걸 적을 때의 마음도 기억이 나면서 그런대로 기분이 나아졌다. 이번에는 높은 확률로 내 기분을 나아지게 만드는 것들을 적어보기로 했다.

· 독서 노트에 적어둔 내 마음에 드는 문장들 다시 읽기
· 유튜브에서 좋아하는 가수의 라이브 영상 보기
· 내가 마음이 편해지는 공간 찾아가기
· 언제라도 내 얘기에 귀 기울여주는 친구들 연락하기
· 언제라도 나를 들뜨게 하는 대화 주제들 떠올리기
· 그리고 나만의 리스트 업데이트하기

이제는 기분이 별로일 때, 무조건 리스트를 꺼내게
된다. 리스트를 들여다보는 것만으로도 충분하지만,
여건이 되면 리스트 가운데 한 가지를 당장 하기도
한다. 하고 나면, 역시 높은 확률로 기분이 나아진
다.

사실 이렇게 할 때, 기분이 좋은 이유는 따로 있다.
내 기분이 별로일 때조차도 나는 내 기분이 나아지
게 할 방법을 갖고 있는 사람이라는 것. 나는 그 점
이 가장 마음에 든다.

줏대 없는 사람

어떤 일에도 선뜻 주관이 서지 않던 때가 있었다. 무언가 하기 전에 늘 주위 사람들의 의견을 구했다. 돌다리를 여러 번 두드려 본다는 생각에서였다. 그렇게 내 입장에 분명한 주관이 설 때까지 머뭇거리곤 했다.

주관이 뚜렷한 사람이 되고 싶었을 뿐인데, 오히려 이런 행동들이 내 발목을 잡았다. 주관이 설 때까지 준비만 했고, 결국 나는 선택과 결정을 회피하고 있었다. 한 걸음도 떼지 못하는 줏대 없는 사람이 된 것 같았다.

태어날 때부터 주관이 뚜렷한 사람은 얼마 없지 않

을까. 누구나 모호한 안갯속에서 한 걸음을 내디뎌 보는 것으로 시작한다. 오히려 주관은 그렇게 한번 결정을 하는 과정에서 점차 뚜렷해지는 것이 아닐까.

자기계발서를 읽기로 했다

주로 에세이만을 읽던 때,
이런 생각을 한 적이 있다.

내 마음에 드는 문장을 옮겨 적고, 또 나 스스로 좋
은 말을 되뇔 줄만 알면 내 마음이 괜찮아지는 것인
줄 알았다. 그러면 자연스럽게, 자동적으로 자존감
이 높아지는 것인 줄 알았다.

꽤 도움이 됐지만, 오래가지는 못 한 것 같다. 마음
만 움직여서는 잘 되지 않는 것 같았다. 마음만 쓰는
것이 문제라고 생각해서 몸도 움직여 보고 싶었다.
그래서 자기계발서도 읽기로 했다.

그 전까지는 '자기계발서'에 대한 편견이 상당한 편이었다. 조금 심하게 말해서 성공에 환장한 사람들이라고만 바라봤다. 쓰는 사람이나, 읽는 사람이나 인간미가 하나도 없는 사람들이라고 치부했다. 성공한 사람이 하고 싶은 말을 무책임하게 뱉어대는 책이라고 폄하하곤 했다.

마음을 바꿨다. 내가 잘하고 싶고 나아지고 싶은 영역에 관한 책을 찾아보기 시작했다. 자기계발서는 그것들을 도와주는 하나의 가이드일 따름이었다. 그렇게 몸을 쓰기 시작하고, 실행하면서 내가 뭔가 하나라도 더 잘하게 되고, 부족한 구석을 개선하게 되는 것은 꽤 값진 일이라는 걸 알게 되었다. 이상한 주문을 따라 되뇌면 부자가 된다는 터무니 없는 책도 있었지만, 일상에서 소소하게 생산적으로 변할 수 있는 방법을 제시하는 책도 많았다.

내 생활에서 무언가를 잘하게 되는 것이 조금씩 많

아졌다. 거기서 오는 자신감은 자연스럽게 자존감을 높여주었다. 마음만 쓰는 것을 넘어서 몸을 쓰기 시작하길 잘했다고 생각했다. 이제는 자기계발서를 쓰는 사람이나 읽는 사람에 대해서도 색안경을 끼고 보지 않는다. 자기 삶에서 나아지고 싶은 영역을 발견하고 노력하는 일이 내가 에세이를 읽던 때, 문장을 옮겨적곤 했던 그 의도와 크게 다르지 않다는 것을 알게 됐다.

단호박이 되고 싶어

나를 혼란스럽게 만드는 상황을 맞닥뜨리면 모든 걸 적는 습관이 있다. 왜 이런 상황이 발생했는지, 뭐가 어디부터 꼬인 것인지, 모조리 적어본다. 이런 습관은 내가 극도로 억울한 상황에 놓였을 때 생겼다. 인턴을 마치고, 정규직으로 전환되는 면접 프로세스를 진행하고 있었다. 아니, 최소한 나는 그렇게 알고 있었다. 알고 보니, 정규직이 아니라 계약직으로 전환하는 과정이었으며, 회사는 면접 프로세스에서 총 7번이나 크고 작은 미팅 연기를 통보했다.

지금에서야 조금의 망설임도 없이 회사를 욕할 준비가 되어있지만, 그때는 그렇지 못 했다. 내가 좋아하는 회사였고, 배울 것이 많은 분들과 일을 했었다.

그래서 회사가 면접 프로세스를 지연시킬 때마다 갖다 대는 이유를 참작해 주곤 했다. 최종적으로 회사 대표와 면접하는 자리에서 '정규직 전환'이 아니라는 말을 처음 듣게 되었을 때 상실감은 이루 말할 수가 없었다. 상실감을 넘어 배신감에 치를 떨었다. 제안에 대해서 잘 생각해보라는 회사 대표의 말을 뒤로하고, 이 모든 과정에서 내게 일어난 일을 적어나가기 시작했다.

적어내려 가다보면 매듭이 풀리듯이 모든 게 명백해진다. 회사는 갑질을 했고, 나는 호구였다. 나는 더이상 회사의 평계를 참작해줄 이유를 만들려고 하지 않았다. 회사는 해도 해도 너무한 게 맞다. 다음 날 곧장 마지막 출근을 하러 가서는 퇴사를 했다. 한 달이나 질질 끌린 그 과정에서 내가 단호해진 순간은 그 때 찾아왔다. '모든 상황을 적어보기'를 통해서 나는 단호해질 수 있었다. 내 상황이 명료하게 보였고, 또렷하게 판단할 수 있었다. 진작에 그럴 수도 있었지만, 후회는 하지 않기로 했다. 화가 나고 억울한 마음이 요동칠 때 이제는 변론을 준비하듯 모든 것을 적어나간다. 단호함은 거기서 나온다.

밥과 운동

학창 시절, 방학이 되면 언제나 생활계획표를 짰다.
계획표를 채워나가는 시간은 언제나 뿌듯했다. 그렇
지만, 그 계획대로 규칙적인 생활을 하는 건 지켜지
지도 않았고 재미도 없었다. 규칙적인 생활의 중요
성을 강조하는 담임 선생님의 말은 잘 들리지 않았
던 것 같다.

생활계획표를 안 쓴지 정말 오래됐다. 그러다 일상
의 내 모습이 별로라고 느껴질 때, 자존감이 푹 꺼질
때면, 자연스럽게 그 시절이 떠오르곤 한다. 밥을 제
때 챙겨먹고, 제때 잘 자고, 평소에 규칙적으로 운동
하는 것. 영 기운이 없고 자존감이 낮을 때는 이것만
해도 무너진 생활에 리듬이 잡힌다.

어른들의 얘기 중엔 틀린 말만 있는 것은 아니다. 아니, 어쩌면 내가 어릴 때 어른이라고 부르던 사람들만큼 나이를 먹어서 그런 걸지도 모르겠다. 다시 생활계획표를 짜 봐야겠다.

정체성 찾기

한창 중2병을 앓던 중2 때, 나는 반에서 꽤 유쾌하고 재치있는 편에 속했다. 신기할 만큼 케미가 잘 맞는 친구들이 많았고 그들은 내가 말을 할 때마다 빵빵 터지곤 했다.

십 수년이 지난 지금, 내 유쾌함은 저 깊은 곳 어딘가에 잠들어있다. 이제 내 주위엔 온통 빡빡하게 사회생활을 하는 사람들뿐이다. 내 유쾌함을 받아쳐 줄 사람이 없다. 그렇게 나도 점점 그들처럼 진지하고 무거운 사람이 되어가는 것 같다.

내 정체성이란 누군가 깨워줘야 찾을 수 있는 걸까. 그때의 나는 다시 깨어날 수 있는 걸까.

정체성이란 관계 속에서 확인할 수 있는 것인지 혼
자서 중얼거리며, 그때의 친구들을 떠올려 본다.

나랑 잘 지내기

'나'랑 잘 지내는 사람은 자존감이 높다. 그런 사람을 옆에 두고 관찰하다 보니 '자기다움'이 무엇인지 또렷하게 보게 된다.

'자기다움'은 "나답게 살 거야."같은 주문을 100번쯤 되뇌어야 찾아오는 무언가가 아니다. 그런 사람들은 바쁜 상황에도 언제나 짬을 내서 혼자의 시간을 보낼 줄 안다. 그 시간에 자기에게 의미 있는 활동을 한다. 특별한 일정이 없어도 혼자서 그 비어있는 시간을 의미 있게 사용할 줄 아는 사람이다. 그 사람은 텅 비어있는 공허한 시간을 마주해도 초조해하지 않는다. 스스로를 위해 정성껏 요리할 줄도 알고, 미리 준비해야 할 일이 있으면 준비한다.

자기 자신과 시간을 보내는 수 십개의 레시피를 가
진 것처럼 보이는 친구들을 보면서, 나도 나랑 더 잘
지내보기로 했다.

자의식 과잉

스스로 자존감 높음을 과시하는 사람을 최대한 피해
다닌다. 그들이 말하는 '높은 자존감'이 실은 '자의식
과잉'일 때가 많기 때문이다. 나만의 판별식으로 이
들을 잘 피해 다니는 편이다.

자존감이 정말 높은 친구들과 있을 때는 그렇게 편
안할 수 없다. 내가 뭐라고 말을 해도 이해받을 수
있고, 안전한 기분이 든다. 내가 더 나다운 행동을
하게 되고, 그게 자연스럽다.

과잉된 자의식을 가진 친구들 옆에 있을 땐 다르다.
내가 어딘가 잘못된 것 같은 기분이 들고 알 수 없는
조바심을 느낀다.

또 소모적인 기분도 든다. 그 사람의 자존감은 내가
있을 때만 채워지기 때문이다.

완벽주의

완벽주의에 사로잡힌 나는 완벽하게 실패했다.

회사 때문인지도 모르겠다. 회사에서는 언제나 완벽
함을 요구받았다. 나도 그 완벽함을 추구해 가면서
얻는 것들이 분명히 있었다. 업무상 능력이 좋아지
는 건 기분 좋은 일이었다. 그렇지만 일을 완벽하게
하려던 욕구가 삶으로 번져가기 시작한 것은 문제였
다.

삶의 모든 측면에서 늘 완벽해지기를 바라고 있었
다. 나는 어느 순간 그런 사람이 되어 있었다.
내가 언제든 나를 칭찬해줄 준비를 하는 대신에,
나는 언제든 나를 깎아내릴 준비가 되어 있었다.

내 기준에 부합하는 일은 일어나지 않을 때가 더 많다. 나는 내가 보기에 늘 부족하고, 내 삶은 언제나 내 기준에 미치지 못한다. 삶을 완벽해져야 할 무언가가 아니라, 늘 미완으로 남아있는 과정으로 받아들이기로 했다.

정서 핸들

감정과 기분은 다르다.

감정은 즉각적인 반응이다.
냄새나는 지역을 지나간다면 불쾌감을 느낀다.
내가 거부할 새도 없이 찾아온다.

기분은 선택적인 반응이다.
설레는 만남을 위해 그런 지역을 지나고 있다면,
불쾌감을 느끼면서도 산뜻한 기분을 낼 수 있다.

내 감정을 비참하게 만드는 요소는 널려있다.
굳이 내가 찾지 않아도 내게 찾아온다.

내 기분을 더 낫게 만들어줄 요소는 내가 찾아야만
한다. 굳이 내가 찾지 않는다면 오지 않는다.

내가 언제 좋은 기분이 되는지 평생 모른다면,
내가 좋은 기분일 때를 자꾸 놓치고 있다면,
그 기분을 느끼는 방법을 자꾸 잊는다면,
깜빡이도 없이 치고 들어오는 불쾌한 감정에
자리를 내줄 수밖에 없다.

감정은 날씨처럼 찾아오지만,
기분은 선택하는 것이다.

잡생각 리스트

잡생각이 문제였다.

제때 잠에 못 드는 것도, 일상에서 초조한 기분이 자주 찾아오는 것도 모두 잡생각 때문이었다.

잡생각을 떠올릴 때마다
그 생각을 최대한 빠르게 적어나갔다.

적어 놓고 보니 꼭 필요한 잡생각도 있었다. 이유 있는 걱정들, 준비해야 할 사항들, 대비하지 않으면 안 되는 일들. 그렇지만 계속 적다 보니까 잡생각이 너무나 많다는 걸 알게 됐다. 그냥 그 잡생각의 종류와 양이 너무 많았다. 잡생각은 꼬리를 물고 또 다른 잡생각으로 이어지고 있었고, 목록을 적어놓고 보니 내 인생과 전혀 상관도 없는 주제까지 닿고 있었다.

이렇게 많은 생각을 하고 사는구나, 돌아보면서 머리를 피곤하게 만드는 일을 줄이기로 했다. 머리만 바쁘고, 몸은 가만히 있으니 그럴 만도 했다. 운동을 시작할 나만의 이유를 그렇게 찾게 됐다.

후회

후회되는 경험이 꽤 있었다. 이불킥 수준이 아니었
다. 가까운 사람에게 주워담지 못할 말을 하기도 했
고, 인생의 중대한 선택 앞에서 신중하지 못했다. 후
회의 감정에 오래 머무르면서 알게 된 게 하나 있다.
후회할 일을 하고서 후회하고 있는 나 자신의 모습
에 또 한 번 더 실망한다는 것이다. 이 고리는 자꾸
단단해지고 악순환으로 쉽게 흘러들어 간다.

늪에 빠져 있다가 후회를 벗어나는 방법을 떠올렸
다. 이미 지나간 일은 돌이킬 수 없음을 인정하고,
앞으로 다가올 선택에서 후회 남길 일을 하지 않는
것. 어쩌면 이것이 유일한 길이 아닐까. 이제는 후회
로 남지 않은 경험이 하나씩 쌓여있다.

'내가 그런 선택을 한 건 정말 잘한 일이었다.'라고 스스로에게 말해줄 수 있을 경험들이 꽤 쌓였다. 아직도 내 기억 속엔 후회스러운 날들이 남아있지만, 더 이상 '내가 왜 그랬을까'로 나를 몰아세우지는 않는다.

나를 막아서는 너에게

말끝마다 쓰레기

말끝마다 '쓰레기'를 붙이던 친구가 생각이 난다.
대학 동기였던 그에겐 다섯 문장 가운데 세 번쯤은
'쓰레기'를 등장시키는 능력을 갖고 있었다.

"이 과목은 완전 쓰레기야."

"저 교수님 수업이 쓰레기 같아."

"저런 쓰레기 정부."

"쟤 성격은 쓰레기야."

친구보다는 덜 했지만, 나도 크게 다르진 않았다.
그 시절의 나 역시 아무렇지도 않게 비속어를 남발
했다. 그러니 내 정서는 가난할 수밖에 없었다.

그 때와 달라졌다고 해서 내가 아름다운 말만 쓰는
것은 아니다. 그저 내 감정과 기분마저 저렴하게 만
드는 저속한 표현을 줄이고 싶었다.

내가 쓰는 언어가 내 정서를 결정한다.
내가 사용하는 언어가 내 그릇이고,
나는 딱 그만큼만 내 자존감을 담을 수 있다.

맞는말 대잔치

'아무 말 대잔치'보다 위험한 건 '맞는 말 대잔치'다.
나에게 '맞는 말'만을 시전하는 친구가 있었다.

"야, 신경 쓰지 말라니까."
"너는 너만의 고유함이 있다니까?"
"너만이 잘할 수 있는 게 있어."
"남의 시선 그만 신경 쓰고, 너만 바라봐."

그 앞에선 끄덕였지만, 속으로는 내적 반박을 했었
다. 그걸 누가 모르냐고. 그걸 누가 몰라서 이러냐
고. 그게 잘 안 되는 걸 어떻게 하냐고.

그러다 다른 친구를 만나게 됐다. 그 친구는 별다른

말을 덧붙이지 않았다. 대신 내 이야기를 가만가만
들어주었다.

"남의 시선 신경 쓰는 거. 별로인 건 알겠는데, 어떻
게 하면 신경을 끌 수 있는지 그걸 모르겠어."
"나만이 잘할 수 있는 게 있다고 생각하거든?"
"이제는 신경 좀 끊고, 나만 생각하고 싶어."

친구는 이렇다 할 '맞는 말'을 해주지 않았다. 내 생
각의 어디가 틀렸다고 짚어내지도, 과장된 맞장구를
치지도 않았다. 그저 내 말에 조용히 끄덕일 뿐이었
다. 깊게 공감해주는 친구의 눈동자에 내 모습이 비
쳤다.

왜인지는 모르지만, 친구의 눈동자를 또렷하게 본
그 뒤로는 남과 비교하는 일을 자연히 그만두게 됐
다.

남을 대하는 태도

남을 대하는 태도가 고장 나면,
내가 나를 대하는 태도도
제대로 작동을 하지 않는다.

너 매운 거 싫어하지?

이상한 화법을 쓰는 사람은 되도록 피하려 한다.

친구가 묻는다.

"저녁에 마라탕 어때?"

"마라탕 말고, 다른 건 어때?"

"아, 너 매운 거 싫어하는구나?"

"아니 그건 아닌데. 다른 거 먹고 싶다고."

싫어하지 않는다고 해서 좋아한다는 말이 아닌 것처럼, 오늘 안 먹겠다고 해서 싫어한다는 게 아니다.

그냥 싫다는 건데 이상한 명제를 도출하려는 사람들이 있다. 나를 '어떤 사람'으로 만들어야 직성이 풀

리는 사람이 있다. 이들만 피해도 자존감은 저절로
높아진다.

오해와 곡해

남에게 오해받지 않고,

남들을 곡해하지만 않아도 충분하다.

그렇게만 살면 행복할 것 같다.

딱 그만큼만 하고 싶다.

침묵을 견뎌라

20대 초반엔 침묵을 견디기 어려워했다. 대화를 하다가 생기는 어색한 공기는 피해야 하는 것인 줄 알았다. 그 침묵을 못 견디고 쓸데 없는 화두를 꺼내곤 했다. 의미 없는 말과 말도 안 되는 드립을 던졌다. 결과적으로 실언을 많이 했다. 주워담지 못할 말은 하필 그런 순간에 자주 튀어나왔다.

30대가 되어 보니, 몇 가지 알게 됐다. 피상적인 말을 주고받지 않아도 서로를 깊게 바라볼 수 있다는 것을. 의미 없는 말이 오가지 않아도 관계가 단단해질 수 있음을. 그것은 관계를 어색하게 만드는 침묵이 아니라, 관계를 충만하게 만드는 여백이 될 수 있음을.

시소

시소가 'seesaw'라는 것을 알게 됐을 때 신선한 충
격이 있었다. 그러니까, 시소를 타고 오르내리면서
'보고', '봤다'는 것이다.

서른 즈음부터 지나간 관계를 떠올릴 때, 나는 종종
관계를 시소에 태워보곤 한다. 나와 상대방을 시소
에 태워놓고 그 모습을 가만가만 지켜본다. 나는 그
에게 어떤 의미였을까. 그는 나에게 어떤 의미였을
까. 나는 그때 왜 그렇게 행동했을까. 그는 나에게
왜 그런 말을 했을까. 시소를 타고 오르내리는 나와
상대방을 가만히 바라보고 있노라면 많은 감정을 볼
수 있게 된다. 그땐 안 보이던 것이 보이니까, 과연
시소의 묘미다.

그렇게 시소를 타고 있는 둘을 바라보면서 못난 나를 발견하기도 하고, 친구의 못난 행동을 이해하고서 용서도 한다. 물론, 내 복잡한 마음을 잘 읽어줬던 친구의 모습을 다시 발견하기도 한다.

지금은 볼 수 없게 된, 혹은 자연스레 멀어진 친구들과 그렇게 시소를 타다 보면, 어느 자리에선가 우연히 만났을 때, 옛 감정은 다 추스른 채로 인사를 건넬 수 있을 것 같다. 그때 정말 고마웠다고, 그때 정말 미안했다고. 다시 만나서 진심으로 기쁘다고.

관계의 발견

서른이 넘어가면서 곁에 두는 친구들이 많이 바뀌었
다. 내 인생에 민감하고 중요한 주제를 대수롭지 않
다는 듯 얘기하는 친구를 꺼리게 된다. 친하다고 생
각했지만, 거리를 두게 된다.

나랑 잘 맞지 않는 친구라고 생각했지만, 전보다 더
깊어진 친구도 있다. 별 것 아니라고 생각한 주제더
라도 내 마음을 살피며 조심스럽게 꺼내는 친구와는
더 자주 만나게 된다.

쉬운 주제를 어렵게 꺼내는 사람.
어려운 주제를 쉽게 꺼내는 사람.
내 20대와 30대는 그들 사이 어디엔가 놓여있다.

모르는데, 어떻게 가요?

상대가 내 마음을 몰라준다는 야속함이 들 때
나한테 이렇게 물어보곤 한다.

"내가 제대로 전달했었나?"
"내가 충분히 표현했던가?"

말해준 적이 없으면서,
전달한 적이 없으면서,
표현한 적이 없으면서,
마음을 알아주길 원하는 것은 때론 폭력이다.

"왜 내 마음을 몰라줘?"

언뜻 보기에는 그럴듯한 불평 같지만, 그렇지 않은 것 같다. 말한 적이 없는 마음을 어떻게 알 수 있을까. 표현을 아무리 잘해도, 전달이 안 되는 게 사람 마음이다. 말도 한 적이 없는데 알아주길 바라는 건 욕심이다.

말 잘하기

말을 더 잘하고 싶다. 면접이나 스피치를 잘하기 위해서, 혹은 달변가가 되기 위해서, 또는 말로 존재감을 드러내는 사람이 되고 싶기 때문만은 아니다. 내가 맺는 관계 안에서 말을 더 잘하는 사람이 되고 싶다.

말을 할 때마다 오해를 쉽게 사는 친구가 있다. 이 친구는 다른 친구의 말을 옮길 때도 미묘하게 왜곡한다. 나중에 당사자 친구에게 이야기를 들어보면 버전이 상당히 바뀌어 있다는 걸 알게 된다. 어쩌면 친구는 자신을 지키기 위해 삐뚤어진 방어 기제를 발휘하는 것인지도 모르겠다.

그래서인지 친구 주위에는 크고 작은 갈등이 끊이지 않는다. 그리 이상한 일이 아니다. 자신의 생각과 의도조차도 비틀어서 전달하고 있으니 오히려 갈등이 생기지 않는 게 이상한 일이다.

내 생각을 좀 더 명확히 전달하는 사람이 되고 싶다. 타인의 말도 있는 그대로 받아들일 줄 아는 사람이고 싶다.

영끌 자존감

어느 자리에서나 유쾌한 사람이고 싶었다.
누구 앞에서나 매력적인 사람이고 싶었다.

풍선에 바람이 빠지기까지 그리 오래 걸리지 않았
다. 내가 끌어모은다고 생각했던 건 가장된 이미지
였지, 자존감이 아니었다.

자존감은 없는 곳에서 끌어다 쓰는 것이 아니라
내 안에서 나오는 것이어야 한다는 것을 알게 될 쯤
에 허세 부리기를 그만두었다.

그 이미지를 내려놓자 오히려 가뿐해졌다. 없는 웃
음을 짓지 않아도 괜찮았다. 그러자 내 곁엔 남을 사
람들만 남게 됐다.

불금, 홍대 9번 출구, 저녁 7시

"왜 나한테만 이런 일이 생기는지 모르겠다."

처음엔 친구의 이런 불평을 잘 들어줬다.
듣다 보면, 충분히 수긍이 갔다.

그런데 두 번, 세 번,
친구가 이런 토로를 끊임없이 하자,
다르게 생각하게 됐다.

약속을 잡을 때마다
금요일 저녁 7시에 홍대역 9번 출구에서 만난다면,
그 무지막지한 퇴근길을 뚫고 홍대로 향한다면,
짜증나는 일이 안 생기는 게 이상한 것이다.

짜증나고 분한 일이 유독 나에게만 일어난다면,
한 번 생각해봐야 한다.

내가 늘 하는 선택들에 문제가 있는 건 아닌지,
내가 약속을 어디서 언제 잡는지 따져야 한다.

남의 마음, 내 마음

남의 마음에 들고 싶어서 하는 행동 말고,
나 스스로의 마음에 드는 행동을 찾고 싶다.
그럴 수만 있다면,
남들한테 충분하지 못한 나여도,
내가 나한테 충분한 사람이 될 것 같았다.
그것만으로도 충분하지 않을까.

한강 자전거

주말에 자전거를 타러 한강에 나갔다. 한강에 나가
면 쿨한 태도로 앞만 보고 길을 건너는 사람들을 종
종 보게 된다. 아무리 횡단보도라지만, 좌우를 살피
지 않고 자기 걸음만 집중하면, 주변을 위태롭게 만
든다.

자존감이 높다는 것이 '다 필요 없어'라는 태도로 유
아독존을 외치는 건 아니다. 주위의 시선을 필요 이
상으로 신경 쓰는 것은 분명 조심해야 하지만, 그 말
이 남들에게 무례해도 된다는 말은 아니다. 자존감
은 타인에 대한 기본적인 예의마저 버리고서 얻어지
는 게 아니다.

친구

30대로 접어들었다. 가까운 친구라 해도 서로의 삶의 모습이 급격하게 달라진다. 많은 시간을 오랫동안 함께 보내던 때랑 다르게 서로의 상황이 매우 달라져 있다.

그렇게 서로의 상황이 달라지고 나니, 서로의 삶을 일부밖에 들여다볼 수 없다. 가족, 친구 관계, 연인, 일, 미래. 여러 주제에 대해서 서로 아주 작은 틈을 통해서 대화할 수밖에 없다.

모든 것에 대해서 스스럼없이 얘기할 때가 그 시절엔 참 많았는데, 이제는 삶의 일부만을 놓고 얘기한다는 것이 서글펐다.

그러나 그게 서로의 사이가 멀어진 것이라고 생각하지는 않기로 했다. 그렇게나 서로 달라진 삶에서도 공유할 수 있다는 게 감사한 일이다.

관계는 흘러간다

'학생'이라는 테두리를 벗어나서 '사회인'이라는 딱지가 붙을 때쯤엔 관계가 많이 정리된다. 유독 이 시기엔 나를 둘러싼 사람들이 많이 바뀐다.

몇 년 만에 친구들이 모이면, 모두의 관계가 확연하게 달라진 걸 보게 된다. 사회생활을 하면서 관계가 폭넓게 확장된 친구들도 있고, 관계가 많이 줄어버린 친구도 있다.

관계를 잃고, 관계를 만드는 격동의 계절을 보내면서 관계를 지키지 못한 것을 유독 자신의 모자람 때문이라고 보는 친구도 있다. 학창 시절에 자신감이 넘쳤지만, 왠지 모르게 작아진 친구의 모습을 보게 된다.

그럴 필요 없다. 이 나이가 그렇다. 이 시절이 그렇다. 격동의 계절에는 대부분 '그냥' 그렇게 된다. 매일 같은 공간에 모여 함께 시간을 보내던 때와는 삶이 너무 달라져 버렸기 때문이다.

관계를 지키지 못했다고 나를 책망할 이유는 없다. 아니, 어쩌면 '관계'는 지켜야 할 무언가가 아닐지도 모른다. 흐르는 무엇일지도 모른다. 언젠가 아무렇지 않게 다시 만날지 모른다.

힘내

이제는 앞뒤 없이 "힘내"라는 말을 뱉는 친구를 만
나기가 꺼려진다. 왜인지는 모르겠다.

대신에 "한강에 바람 쐬러 갈래?"라는 친구의 말엔
마음이 풀린다. 왜 그런지 모르겠다.

대화 잘하는 사람

내 마음이 너무 지쳐있을 때가 있다. 평소라면 크게 신경 쓰이지 않을 주제의 대화도 상대방이 불쑥불쑥 꺼내면, 불편한 마음이 쉽게 찾아온다. 본능적으로 대화를 더 잘하는 사람을 찾게 된다.

내 마음을 조심스럽게 살피려는 사람, 내 생각이 어 떤지 천천히 치고 들어오는 사람. 그들은 늘 깜빡이를 켜고 들어온다. 나도 대화 잘하는 사람이 되고 싶 다. 누군가에게 그런 사람이고 싶다.

나를 체념시키는 너의 말들

뭘 좀 해보려고 하면, 막아서는 사람들이 있다.
'그건 안 될 거'라고, '당신은 안 될 거'라고.
'내가 너 생각해서 하는 말인데,'라고 덧붙이지만
그리 신뢰가 가진 않는다.

자기 일이 아니라고 무책임하게 응원을 하는 것도
별로지만, 아무 근거도 없이 안 될 거라며 의욕을 꺾
는 친구는 더 별로다.

정작 잘 되고 나면 언제 그랬냐는 듯 태세전환을 한
다. 그러니까 애초부터 그들의 말에 너무 무게를 실
어줄 필요 없다. 딱 그만큼의 가벼움으로 말하는 사
람들에게 관심을 줄 필요 없다.

약속 깨기

"사람은 자신을 기다리게 하는 자의 결점을 계산한다."

프랑스 속담이라고 한다. 부끄럽지만, 나는 20대 후
반까지도 종종 약속을 깼었다. 폭넓은 관계를 유지
한다는 욕심이 화근이었다. 그 모든 관계를 지키고
싶었고, 인정과 대우를 받고 싶었다. 그렇게 늘 무리
한 약속을 잡았다. 무리한 약속에 일상이 뒤덮일 때
면 결과적으로 나는 말도 안 되는 핑계를 대며 약속
을 깨야 했다.

아마도 보이지 않게 내 신뢰는 야금야금 무너지고
있었을 것이다. 그렇게 깨진 약속 이후로 연락이 끊
긴 사람이 꽤 있으니까. 더 큰 문제는 스스로 '약속

도 못 지키는 사람'이 되고 만다는 것이었다. 내가 잡아 놓고도 만나기로 한 날이 다가오면, '꼭 가야 하나?'라는 나도 이해가 안 되는 생각을 하곤 했다. 약속을 깨고, 핑계를 댈 때마다 나는 작아졌다.

몇 년이 지난 지금은 내가 먼저 약속을 깨는 일이 없다. 아주 사소한 일이라 생각했지만 '약속 지키기'란 결코 가벼운 일이 아니었다. 사람들과의 약속을 잘 지키면서, 점차 나 자신과의 약속을 지키는 일도 더 수월해졌다.

눈치

눈치를 많이 본 경험이 있는 사람은 안다. 한 사람의
작은 표정에서도 얼마나 많은 의도를 읽을 수 있는
지를. 까다로운 상사를 만나거나 사회생활을 할 때
는 적당한 눈치가 필요할지도 모른다. 사회에서 나
를 지키기 위한 생존스킬일 수도 있다. 그런데 눈치
도 상황을 가려서 써야 한다.

일상에서 필요 이상으로 눈치를 보다 보면, 상대방
이 갖고 있지도 않은 의도를 만들어낸다. 아무런 의
도가 없는 상대의 행동에 대해서 지레짐작하는 버릇
이 생긴다. 눈치를 어떻게 쓰냐에 따라서 관계를 더
좋게 만들기도 하고 나쁘게 만들기도 한다.

대화 맛집

몇 해 전, 어느 연말이었다. 한 해를 돌아보다가 올해는 즐거운 대화를 얼마나 많이 나눴는지가 궁금해졌다. 나와 우리, 그리고 삶에 대한 나누었던 풍성한 이야기가 그냥 흘러가지 않았으면 싶었다.

그러다가 대화 수집을 시작했다. 유난히 내 기분을 새롭게 하고 나를 유쾌하게 만든 대화를 모두 기록했다. 몇 년 전부터 시작한 대화 수집은 이제 244개가 쌓였다. 내가 나다울 수 있도록, 또 내게 산뜻한 기억을 남겨준 사람들은 몇 가지 좋은 태도들이 몸에 베어 있었다. 그들의 태도를 배우고 싶었다.

그들과 대화를 할 때면 언제나 그들은 같은 모습을

보인다. 내게 먼저 안부를 물었고, 내가 대답할 때는 끝까지 들어주었다. 내가 준비가 안 됐을 때는 성급하게 자기 이야기를 꺼내지 않았다. 내 말을 끊지 않았다.

나에 대해 판단하지 않았고, 대신 내게 물어보았다. 그들은 힘든 상황에서도 밝은 면을 찾으려고 했다. 그러면서도 나에게 그런 태도를 강요하진 않았다. 내 상황과 내 생각을 말하면 과장없는 태도로 호응해주었다. 내가 하고자 하는 일에 대해서 말하면 끝까지 응원을 보태주었다. 내가 힘든 상황일 때는 내게 한 마디를 건넬 때도 신중하게 단어를 골라내주었다.

좋은 대화, 그것만으로 풍요로운 삶이다.

친구를 바라보는 시선

가까운 관계 사이에서 때론 서로 실망스러운 모습을
보게 될 때가 있다. 이때 반응은 둘로 나뉜다.

"어떻게 그럴 수 있어?"
"쟤도 당연히 저럴 수 있지."
"쟤도 힘든 일이 있겠지."

무엇이 맞는 건지는 모르겠다. 어떻게 평가할지는
순전히 자기 마음이니까. 나는 되도록 후자를 선택
하는 편이다. 남을 보는 시선이 부드러워지면, 나를
보는 시선도 자연히 고와진다고 생각하기 때문이다.
남에게 박하고 가혹하다면, 자기 자신을 향한 잣대
도 그것을 닮아간다.

응원은 돌아온다

나는 주변에서 유튜브를 시작한다고 하면 진심으로 응원하는 편이다. 아마 그런 결정을 주위에 얘기하면서 100에 95번은 조언을 들었을 테니까. 그리고 스스로도 여러 번의 자기 의심 끝에 그런 결정을 내렸을 테니까. 굳이 나까지 논리적인 분석을 해줄 필요는 없었다. 그렇게 채널을 시작하면 초반에 진심 어린 응원 댓글을 많이 달아준다. 피드백을 주는 건 피한다. 알아서 잘할 것이니까.

그렇게 내가 한 숟갈 보탠 응원은 여러 번 감격으로 돌아오곤 했다. 그렇게 유튜브를 시작하는 모습을 보여준 지인 중에 다섯은 3, 4년간 활동을 이어오고 있다. 나름 자기 분야에서 유명세도 생겼다. 그들은 하나같이 유튜브를 시작하길 잘했다고 말한다. 나도 응원하길 잘했다고 생각한다.

인생을 걸고 도박을 한다는 것도 아닌데, 굳이 막아 세울 이유가 없다. 응원하는 편이 낫다. 몇 달 전부터 유튜브를 시작한 내가 이들로부터 진심 어린 도움을 받고 있는 것은 덤이다.

대리 자신감

새로운 시도 앞에서 겁이 덜컥 날 때면, 친구를 찾
곤 했다. 내 상황과 고민을 모두 공유하고 나면, 나
는 이제 기대감 가득한 표정으로 친구가 내 자신감
을 추켜세워주기를 기다린다.

응원을 주고받는 것은 관계에 도움은 된다. 관계는
충분한 응원이 된다. 그럴 수 있어야 친구 사이다.
그런데 이런 식으로 자신감을 확인받는 것은 유효기
간이 그리 길지 않다는 것을 알게 됐다. 잠시나마 자
신감을 얻었지만, 다시 겁이 나면 금세 다른 친구에
게 확인받고 싶었다.

자신감(自信感)은 말 그대로 내가 나를 믿는다는 것

이다. 남이 나를 응원해줘서 얻는 건 '대리 자신감'
이다. 내가 나를 믿는 것이 먼저다.

다육이

엉망으로 살고 있을 때였다.

관계에서도, 나 홀로 있는 시간에도 하나같이 마음
에 드는 구석이 없었다. 그래도 내 삶을 잘 가꾸고
싶다는 생각마저 버린 것은 아니었다. 내 삶을 일구
듯이 뭔가를 기르고 싶었다.

그렇게 꽃집에 들렀다. 점원이 다육 식물 하나를 추
천해주며, 웬만해서는 죽지 않는다는 말을 덧붙였
다. 잘 보이는 곳에 두었지만, 나는 뭘 하느라 그렇
게 바빴던 것인지, 몇 번을 관심 있게 쳐다보지도 못
했다. 그 때문일까. 몇 달이 안 되어 다육이가 바싹
말라 죽어버렸다.

다육이가 죽어있는 모습이 내가 살아있는 모습 같아서. 내가 내 삶에 그만큼의 관심도 안 주고 사는 것 같아서. 나에게 그 정도의 정성도 못 들이는 나 때문인 것 같아서. 나라는 사람이 그렇게 말라버린 것 같아서. 잔뜩 가라앉았다.

그렇게 다시, 꽃집에 들렀다.
다육이를 새로 집에 들였다.

조짐

카페에서 커플이 싸우는 것을 봤다.

"아까 내가 뭐라고 했어?"
"내가 말했어, 안 했어? 몇 번을 말해?"
"넌 애가 왜 이렇게 무식하냐?"

모멸적이고, 상대를 교묘하게 짓누르고, 상처 위에
소금을 뿌리는, 자존심을 살살 긁는 진짜 못된 말들
이다.

선을 넘는 그런 발언들은 이해하려고 들면 안 된다.
그런 말들을 이해하려고 들면 이미 스텝이 한참 꼬
인 것이다. 자기감정을 감당 못해서 상대에게 폭언

하는 것은 이해받을 행동이 아니다. 상대방이 내리막길의 조짐을 보이는 말을 평소에 아무렇지도 않게 한다면, 관계를 진지하게 생각해봐야 한다.

만일 상대방을 너무 사랑해서 관계를 지키고 싶다면, 그 사람을 잃을 것을 각오하고 그런 말들에 치열하게 맞서야 한다. 내가 관계를 지키려는 것은 중요하지만 '나'를 지켜주지 않는 관계는 오래갈 수가 없기 때문이다. '나'를 존중해주지 않는 관계는 관계가 아니기 때문이다.

그런 상대에게 맞서거나 혹은 상대를 버리거나. 둘 중 하나를 선택해야 한다. 꽤 아픈 일이겠지만, 그게 맞다. 당신은 그런 모멸적인 대우를 받을 사람이 아니다.

반사경 자아

'반사경 자아looking-glass self'라는 개념이 있다.
다른 사람에게 비친 자신의 모습을 보고 자기 자신
이 어떤 사람인지 인식한다는 개념이다.

내 주위에서 나를 측은하게 여긴다면, 나도 나를 측
은하게 여긴다는 것이다. 주위에서 나를 빛난다고
말해주면, 나 자신을 빛나는 사람으로 바라볼 수 있
다는 것이다.

내가 관계를 규정하는 경우도 있지만, 관계가 나를
규정해버리기도 한다. 다행스럽게도, 누구와 관계를
맺을 것인지는 온전히 내 선택에 달려있다.

남에게 기대는 것

"걔가 나한테 그럴 줄은 정말 몰랐어."

실망에 가득 찬 표정으로 친구가 말한다. 남에게 기대는 건 어느 정도는 필요하지만, 정도껏 기대야 한다. 학창 시절이라면 모를까, 사회생활을 하면서 다들 어깨가 무거워만 진다.

남에게 기대는 것은 자꾸 기대를 낳는다. 그리고 그 기대가 무너지고 나면, 모든 포화를 그 사람에게 돌린다. 그 사람에게도 나 자신에게도 그다지 건강할 리가 없다. 다들 바쁜 삶이다. 다들 자기 몫을 하느라 힘에 부치는 세상이다.

그 사람이 내 구원자도 아니고, 내 몫의 구원이 그 사람에게 달려있지도 않다. 너무 큰 기대는 감당할 수 없는 실망으로 돌아온다. 각자의 몫을 해내면서 서로 어깨를 내어주는 정도면 그것으로 충분하다.

대꾸하기 싫은 사람

대꾸할 가치가 없는 말을 습관처럼 하는 사람들이
있다. 이런 사람들과는 되도록 대화를 하지 않는다.
말을 섞게 돼도 이렇다 할 반응을 하지 않는다.
때론 억울한 마음이 생겨서 오해를 풀고 싶어도,
대답을 아끼고 상대하지 않는다.

대꾸해도 변화가 없을 상대를 붙잡고서
의미 없는 대꾸를 해 봐야 감정 소모만 크다.

믿고 거르는 세상

사람에 대해서 '손절'하고 '거르는' 세상이 된 것만
같다. 왜 그런지 어느정도 수긍하지만, 완전하게 동
의할 수는 없다. 내가 실수하고 헛발질을 할 때마다
나를 손절하지 않고 품어준 사람들이 없었다면 지금
의 나는 없었기 때문이다. 나를 손절하지 않고 기회
를 주며 지켜봐 준 사람들이 있었다. 그런 이유로 서
로가 서로를 너무 쉽게 '거르는' 세상이 조금은 불편
하다.

피아식별

친구 A의 말은 일리가 있다. 친구 B가 A에게 못할 짓을 했다는 것 말이다. B가 해도 너무 했다는 게 수긍이 간다. 그런데 자꾸 듣다 보니, A는 자신이 겪은 일을 넘어서서 B를 비난한다. 필요 이상의 비난을 이어가며, A는 미묘한 뉘앙스를 섞어 암묵적으로 내게 묻는다. "너는 누구 편"이냐고.

피아식별을 습관처럼 하는 친구를 경계한다. 아마도 그는 내가 그의 아군임을 끊임없이 증명하지 않으면 날 떠나갈 것이다. 자꾸만 관계에 경계를 짓는 사람을 피한다. 한계가 명확한 관계다. 서로가 서로의 아군임을 증명해야 하는 관계는 서로를 갉아 먹는다.

나 자신과 먼저 화해하기

자기 자신과 화해가 안 되는 사람은 다른 사람과의 갈등도 풀지 못한다. 유독 관계에 잡음이 끊이지 않는 사람이 있다. 관계를 들여다보면, 내부의 잡음이 외부로 번진 것뿐이다.

자기 자신과 잘 지내지 못해서, 자기 화가 넘쳐버려서 밖으로도 자꾸 불통을 튀고 있다면 밖의 관계만 주목하기보다 나 자신과 잘 지내는 방법부터 찾아야 하지 않을까.

호의

누군가를 호의로 대하려고 할 때, 아무것도 기대하지 않는 편이다. 나중에 그 사람이 내게 호의를 돌려준다고 해도, 당연한 일이라고 생각하지 않는다. 덤이라고 생각한다. 호의를 돌려받고 싶어서 무의식중에 그 사람에게 기대를 걸고 있는 나를 발견한 적이 있다. 그러다 보니 그 사람의 행동 하나하나에서 실망할 준비가 되어있는 내 모습도 보게 된 것이다. 그 모습이 참 별로였다. 아무것도 돌려받지 못한다고 생각하고 주는 것이 호의다. 아무것도 돌려받지 않아도 괜찮다고 생각하는 선으로만 호의를 줘야 한다. 기대할 거라면, 호의를 베풀지 않는 게 낫다. 무언가를 기대하고 호의를 주면 관계만 다친다.

나를 막아서는 세상에게

타존감

자존감은 타존감에서 나온다.

남이 눈에 들어오지 않는데 자존감이 높을 수 없다.
자존감이 높은 사람은 타인을 존중하는 데도 탁월하
다. 그런 태도와 지혜가 몸에 배어 있다. 어쩌면 타
존감이 높아서 자존감이 높은 것일지도 모른다.

타인을 존중하고, 타인에게 존중받으면서 그 관계를
품위 있게 만들다 보면 어느새 자존감은 높아져 있
다. 관계를 소중하게 품다 보면, 그것만으로도 바쁘
다. 내게 자존감이 있나 없나를 따질 새가 없다. 관
계가 풍요로운 사람은 자연히 자존감이 높다.

남을 볼 줄 모르고 자기만 생각하는 사람이 자존감
을 높이기란 어렵다. '나는 자존감이 높다'며 스스로
끊임없이 되뇌며 구멍 난 자신을 채우는 길 뿐. 자존
감이 높은 사람들은 스스로에게 그런 주문을 강요하
지 않는다.

남을 깎아내리고, 또 남을 비난해야만 자존감이 올
라간다고 생각하는 사람은 자존감을 높이고 있는 게
아니다. 오히려 자기기만을 하는 것이고, 더 나아가
자기최면에 빠져있는 것이다.

나에게 맞는 질문 던지기

'사회생활'이라는 본 게임에 접속하려다 보니, 수많은 질문이 나를 덮쳤다. 지치지도 않는지, 사회는 내게 질문을 끊임없이 쏟아냈다. 그 질문들은 내 의욕 따위는 배려하지 않았다.

"왜 이 일을 하려고 하는가?"
"왜 우리 회사에 들어오려고 하는가?"
"우리가 왜 당신을 뽑아야 하는가?"
"리더십을 발휘해서 문제를 해결한 적이 있는가?"

내게 증명을 요구하는 무수한 질문 앞에서 진이 빠져버렸다. 질문은 나를 압도했다. 그때부터였다.

증명을 필요로 하지 않는, 그렇지만 딱히 정답도 없는 질문을 던지기 시작한 것이. 그저 나를 위한 질문을 찾기 시작했다.

"나는 무엇에 반응하는 사람일까?"
"나는 누구와 함께할 때 행복한 사람일까?"
"나는 어떤 마음을 가진 사람일까?"
"내가 껴안고 싶은 일상은 어떻게 맞이할 수 있을까?"
"내 삶이 더 건강해지려면 무엇이 필요할까?"

사회가 쏟아내는 질문 앞에 더는 무력해지기 싫었다. 나는 나를 위한 질문도 던지기 시작했다.

2,000 일기

창업을 하고 바쁘게 살던 때가 있었다. 어제 누구를
만났고, 뭘 먹었는지조차 한참을 떠올려야 기억이
나곤 했다.

그때부터였다. 그날 누굴 만나 무얼 먹고 어떤 이야
기를 나눴는지 쓰기 시작했다. 처음에는 기억이 안
나서 시작했지만 이렇게 2,000일이 넘게 기록이 쌓
이고 나니, 빠르게 변하는 세상의 풍경 사이마다
'자신을 지키려고 몸부림치는 나'가 보였다.

진땀 나고, 쩔쩔매고, 두 다리가 후들거리고, 마음
은 타들어 가고, 불안은 나를 갉아먹고, 가까운 사람
이 남긴 비수는 나를 크게 할퀴고 가고, 얼굴은 창백

해지고, 내가 내 발에 걸려 넘어지고 있을 때도 있었
다.

거기엔 내가 있었다.
그 황량한 자리에서도 두 다리에 힘 꽉 주고,
넘어지지 않으려 지탱하고 있는 나를,
한 껏 줌아웃해서 바라봤다.
나는 내가 할 수 있는 최선으로 견뎌내고 있었다.

세상은 호락호락하지 않을 것이다.
그럼에도 나는 넘어지지 않는 법을 배워갈 것이다.

코로나19

코로나19에 대한 한국의 대처를 외신에서 높게 평가하고 있다. 심지어 이 일로 한국의 국격마저 올라갔다고 한다. 올림픽을 개최한 것보다도 훨씬 더 큰 효과를 거두었다는 평까지 들린다.

그럼에도 스스로 흠집 내지 못해서 안달 난 사람들이 있다. 못한 건 못한 대로 지적하고 고쳐야 마땅하다. 하지만 동시에, 잘한 건 잘한 대로 칭찬을 받아 마땅하다. 또 그것을 받아들이는 것은 자연스러운 일이어야 한다. 잘한 것에 대한 온당한 평가를 굳이 없던 일로 만들 이유는 없다. 겸손한 태도는 필요하지만, 자기 비하가 겸손함은 아니다.

그런데 그게 내 모습이었다. 칭찬을 주고받는 일에 서툴러서일까. 내가 칭찬을 받을 때조차 나는 그 칭찬을 마지막까지 의심하는 사람이었다. 내가 잘못한 것에 대해서는 가혹하고, 성취한 것에 대해서 칭찬을 극도로 아끼는 모습이었다.

칭찬을 받을 때, 이젠 조금 다르게 반응하기로 했다. 습관적으로 "아닙니다.", "별말씀을요."라고 답하지 않기로 했다. "네, 감사합니다.", "그쵸? 감사합니다.", "제가 다른 건 몰라도 이것만큼은 자신 있거든요."라고 답하기로 했다.

너희도 적응이 어렵잖아

한국에 유학 온 지 4년째인 대만 친구와 대화를 나
누고 있었다. "한국에서 사는 건 좀 어때? 적응하느
라 많이 힘들지?" "뭐 그런대로 괜찮아. 한국 사람들
이 진짜 친절하긴 해."

그러다 친구가 덧붙인다.
"그런데 너희도 여기 적응하는 거 어렵지 않아?"

머리를 한 대 맞은 것 같았다.

그래. 네 말이 맞아.
우리도 여기에 적응해가는 중이야.

공감과 가스라이팅

공감 능력이 탁월한 사람일수록 함정에 빠지기가 쉬운 것 같다. 공감 능력이 뛰어난 사람은 도저히 납득할 수 없는 상사의 행동조차도 끝까지 이해하려 든다. 지인에게 폭언을 듣고서도 그 의도를 섬세하게 공감해 주려 든다.

그렇게, 공감을 잘하는 사람에게는 언제나
'내가 이상한 건가?'라는 질문이 남게 된다.

내가 다치지 않을 만큼, 나 자신에 먼저 공감하고 배려하는 게 우선이다. 남에게 공감하는 건 그 다음이어야 한다.

먼저 자신을 충분히 지켜내려고 애쓰다 보면 알게 된다. 되먹지 못한 상사나, 무례한 지인이 공감해야 할 대상이 아니라는 것을. 오히려 맞서거나, 무시하거나, 피해야 할 대상이라는 것을 또렷하게 알게 된다.

공감해야 할 사람에게 공감하지 않고, 공감하지 않아도 될 사람에게 공감하는 것을 구분하기 시작했다. 그렇게 조금씩 착한 사람 콤플렉스에서 벗어날 수 있었다.

나쁜 사람, 아픈 사람

내 인생엔 나쁜 사람만 꼬이는 것 같았다. 나에게 문
제가 있어서 그러는 건 아닌지 고민하다가 나쁜 사
람이 많아도 너무 많다는 생각으로 이어졌다.

마음을 바꿔 먹고 그들을 다르게 바라보았다.
나쁜 사람들의 다른 모습이 보였다.
나쁜 사람은 아픈 사람이었다.

스스로 화를 주체하지 못해서,
삶이 너무 비좁아지고만 있어서,
벼랑 끝에 몰린 나머지 성격을 버려서.
제 각각의 이유로 아픈 사람이었다.

나쁜 사람이 하필 내 앞에서 아파한 것이다. 그렇게
바라봤더니 이상하게도 마음이 한결 나아졌다.

나한테 나쁜 사람이 꼬이는 게 아니었다.
세상에 아픈 사람이 너무 많을 뿐이었다.

일반화를 너무 쉽게 하는 사람들

일반화를 너무 쉽게 하는 사람을 꺼리는 편이다.
어떤 사람들을 마음대로 묶어내고, 특징짓는다.
아무렇지도 않게 일반화하면서 주저함도 없다.

책을 안 읽는 사람들은…
에세이만 읽는 사람들은…
자기계발서를 읽는 사람들은…
우리나라 남자들은…
우리나라 여자들은…
우리나라 사람들은…
우리나라 엄마들은…
우리나라 공무원들은…
우리나라 직장인들은…

그 사람들이 입버릇처럼 내뱉는 문장에는 내가 사랑하는 사람이 꼭 한 명쯤은 포함된다. 내가 사랑하는 누군가가 그에게 쉽게 판단되고, 평가당한다. 그렇게 일반화하는 동안에 내가 아끼는 사람이 '어떤 사람'이 되고 만다. 뭘 안다고 그렇게 쉽게 말하는 건지 따져 물으려다가, 그냥 거리를 두기로 했다.

마음대로 되는 게 없을 때

내 마음대로 되는 일이 많아질 때, 비로소 어른이 되는 거라 생각했었다. 그 생각은 얼마 안 가서 금방 깨지게 됐다. 내 인생이 절대로 내 마음대로 굴러가지 않는다는 걸 뼈저리게 경험했기 때문이다. 오히려 마음대로 되지 않는 일들의 연속에서, 내 마음대로 되는 것들을 떠올려 가는 것이 어른이 되는 과정이 아닐까.

이제는 마음대로 되는 일이 없을 때면, '마음대로 되는 일이 없을 때라도 내 마음대로 할 수 있는 것'들을 살피려고 한다. 쉽게 보이지 않을 뿐이지, 어느 상황에서나 내 마음대로 할 수 있는 일이 꼭 하나씩은 있다.

아버지와 자존감

아버지랑 대화를 하다가 자존감에 대해 물었다.

"아빠는 자존감이 높은 것 같아요?"
"그게 뭔데?"
"어, 그... 스스로를 귀중하다고 바라보거나 스스로를 존중하는 감각?"
"한 번도 생각해본 적 없는데."

머리를 한 대 맞은 것 같았다. 누군가는 살면서 자존감이라는 단어를 아예 듣지 못할 수도 있구나. 그래도 잘 살아가는구나. '자존감에 대한 생각'을 조금 내려놓기로 했다. 마음이 편해졌다.

외로울 땐 책을 폈다

가까운 친구들은 너무 바빠 보였다.
외롭다는 이유로 영 마음이 통하지 않는 친구를
억지로 만나긴 싫었다.

그럴 때 책을 폈다.

아무도 나를 알아주지 않는 것 같을 때,
너무 까만 외로움에 괜히 조바심이 나서 책을 폈더
니 저자는 내가 왜 외로운지 잘 알고 있었다. 말 한
번 섞지 않았지만 나를 잘 알고 있는 그 사람, 책을
쓴 사람이 보이기 시작했다.

나는 그들의 책을 읽었다.

그들의 책이 다름 아닌, 그들의 외로움이 자신을 침몰시키지 못하게 하려고 스스로를 위해 남긴 정성스러운 혼잣말임을 알게 됐다. 그렇게 에세이를 쓰게 됐다.

리스트업3

취업에 계속 실패하던 때였다. 구석에 몰린 기분, 알
수 없는 곳으로 가라앉는 기분, 날개가 꺾인 기분은
수시로 찾아왔다.

그러다 '나를 편안하게 만드는 문장 리스트업'을 떠
올렸다. 내 사회적 쓸모를 증명하는 일은 잠시 미뤄
두고, 이번에는 내 장점을 리스트업 하기로 했다.

· 나는 남의 말을 경청할 줄 안다.
· 나는 남의 장점을 잘 볼 줄 안다.
· 나는 남을 쉽게 판단하지 않는다.

리스트는 늘어났고 노트엔 88개의 장점이 적혀있다.

사회적인 쓸모를 증명하지 못할 때라도
내가 '나'일 수 있음을 허락하고 싶었다.

누군가로부터 확인과 인정을 받지 못할 때도 괜찮고
싶었다. 그렇게 내가 나일 수 있는 이유를 계속해서
적어가고 있다.

읽어주는 이가 없는 기록에 관하여

혼자 있는 유난히 시간이 길어졌던 때가 있다. 하루에 몇 마디 안 하는 날도 잦았고, 심지어 아예 입을 떼지 않는 날도 더러 있었다.

들어주는 이가 없을 때 끙끙거리다 노트를 펼쳤다. 입 밖으로 몇 마디 꺼내지 않는 일상이었지만, 요동치는 내 안의 격동을 모조리 쏟아내고 싶었다.

내가 처한 상황에 대한 이야기, 그로 인한 내 기분, 지금 내 상태, 앞으로 하고 싶은 일 따위의 모든 것을 적었다. 길을 잃은 생각들은 정돈되지 못한 채로 거친 문장으로 남게 됐다.

들어주는 이가 없던 그 기록을 오랜만에 펼쳤다.
내가 어떤 기분이었는지 천천히 되새길 수 있었다.

그제야 알게 됐다. 내가 그 기록을 읽어주는 한 사람
이 되는 거구나. 지금 이렇게 다시 펼쳐낼 순간을 위
해 기록을 하는 거구나.

그렇게 그 시절의 격동을 토닥이고서 편하게 잠들
수 있었다. 들어주는 사람 하나 없을 때도, 말할 줄
아는 사람이 되고 싶다.

탓

나를 지켜내기 위해 '남 탓'은 필요하다. 내 일상이
엉망인 이유를 '네 탓'에서 찾을 필요도 있고, 내 삶
이 진창인 이유를 '세상 탓'으로 돌릴 필요도 있다.

그렇지만 '내 탓'이 하나도 없다고 우기다 보면, 더
이상 '지켜낼 나'조차 남아있지 않게 된다. 남 탓만
하면서 나를 무너뜨리고 있다면, 그것은 내 탓이다.

내게 닿지 않을 삶

더 이상 내게 닿지 않을 삶들을 선망하지 않기로 했
다. 대신 내 두 손의 힘을 믿기로 했다.

패기 없이 살기로 한 것은 아니다.
현실에 찌들어 살겠다는 것도 아니다.

이상에 젖어서 내 두 손을 게으르게 만든 삶을
그만두기로 한 것이다.
현실에 발을 딛고 내 두 손의 힘으로
이상에 닿기로 한 것이다.

나한테 정성을 다할 줄 아는 사람이 되고 싶다.

외향적이세요? 내향적이세요?

20대엔 잘못된 질문에 오랫동안 매몰되곤 했다.
나는 과연 '외향적'인가 아니면 '내향적'인가 하는 물
음이다. 그에 관한 심리 테스트들을 참 많이도 했었
다.

30대가 되어 이 질문을 다시 만나니,
보이지 않던 게 보이기 시작했다.
20대때 보이지 않던 하나의 축인
'자존감'이 보이더라.

자존감이 낮고 내향적인 사람과 같이 있으면 가라앉
을 뿐이고, 자존감이 낮고 외향적인 사람과 같이 있
으면 기가 빨릴 뿐이고, 자존감이 높고 내향적인 사

람과 같이 있으면 잔잔한 호수처럼 나를 고요하게
해주고, 자존감이 높고 외향적인 사람과 같이 있으
면 내게 없던 탐험 욕구를 이끌어 다른 세계로 갈 수
있는 의욕을 준다.

'외향적이냐, 내향적이냐'같은 구분보다
더 중요한 기준을 뒤늦게서야 만났다.

유튜브 댓글

어쩌다 그랬을까. 아마도 현실 관계에서 피곤함을
많이 느꼈을 때, 내 나이도 성별도 이름도 직업도 모
르는 사람들과 소통하고 싶다는 생각이 들었나 보
다. 마침 내 마음을 다 읽어주는 듯한 유튜브 콘텐츠
를 보고 정성스럽게 댓글을 달게 됐다. 유튜버에게
고맙다는 말과 함께 진심 어린 내 이야기 몇 자를 적
었다.

며칠 지나고 알림창을 확인하니 내 댓글이 베플이
되어 있었다. 좋아요 96개. 유튜버의 하트까지 받은
내 댓글 아래 대댓글이 주렁주렁 달려있었다. 거기
에 누군가 맞장구치면서 달아놓은 대댓글이 이상하
게 뭉클했다.

유튜브엔 온갖 가벼운 농담과 드립만 난무하는 줄 알았다. 그게 아니었다. 사람들도 다들 비슷한가 보다. 나눌 곳이 없을 뿐이지, 나눌 마음이 없는 것은 아니었다. 아무런 대가도 바라지 않고 정성껏 내 마음을 남겼을 뿐인데, 대댓글에 내가 다시 위로를 받게 될 줄이야.

아무것도 바라지 않고 누군가를 위해 정성껏 마음을 전하는 것. 그리고 그 진심이 전달되는 것 자체로 커다란 보상임을 알게 됐다.

상대적 박탈감

가끔 생각하는 게 있다. 내가 1563년쯤에 태어났다면 지금처럼 '상대적 박탈감'을 갖고 살까? 신분이 주는 고통을 있을지는 몰라도 최소한 '상대적 박탈감'은 갖지 않았을 것 같다.

'상대적 박탈감'에서 중요한 것은 '상대적'이라는 수식어다. 지금처럼 SNS가 많았던 때도 없고, 한국은 스마트폰 보급률이 가장 높은 국가다. 눈만 뜨면 주위의 비교 대상 수백, 수천 명이 나타난다. 비교하는 일에 너무 쉽게 노출되어 있다. 주의를 기울이지 않으면 어느 순간 이미 '상대적 박탈감'을 느끼고 있다.

그런 생각을 하다 보니, '상대적 박탈감'보다 '주체적으로 내 감정을 선택할 자유'를 박탈당한 것이 화가 나고 짜증이 났다. 세상이 쥐여준 감정에 고개 숙이고 아파하는 내가 보여서. 내가 얼마나 많은 눈을 의식하고 사는지 의식하게 되면서 상대적 박탈감을 점차 덜어낼 수 있었다.

싫은 소리

'싫은 소리'를 모두 꼰대의 말로 치부한 적이 있다. 내 생각이 완전히 틀린 것은 아니었다. 대체로 나를 잘 알지도 못한 채로 아무렇게나 뱉어대는 말들이었으니까. 그런 말들은 무시하는 게 마땅했다.

그렇지만, 내가 언제나 옳은 판단을 하는 것이 아니듯이, 싫은 소리가 언제나 틀린 것도 아니었다. 받아들이기 어렵고, 받아들이기는 싫었지만 '싫은 소리'는 때로는 필요하다는 걸 인정할 수밖에 없었다.

바깥의 싫은 소리를 모두 차단한 채로 나만의 성에 갇힌 나를 상상해봤다. 외부의 싫은 소리는 모두 차단하고서 '내가 옳아'라며, 자아 도취된 내 모습은

그리 달갑지 않았다. 자존감을 높인다는 것이 사람

들과 어떠한 소통도 하지 않는다는 건 아니니까.

성장이나 개선도 없이 이뤄지는 것은 아니니까.

역정

이상한 일이다. 남의 사정을 하나도 살필 줄 모르고 함부로 말하는 사람은 유독 자기가 그런 대우를 받는 걸 못 참는다. 그렇게 불같이 화를 뿜고, 역정을 낸다. 남과 자신에 대해서 완전히 다른 잣대를 갖고 사는 것이다. 그렇게 속 편하게 사는 모습이 어떨 땐 대단하다 싶으면서도, 한없이 짠하게 느껴진다. 어떻게 그 모순을 끌어안고 사는 걸까.

괜찮은 사람

내가 좋아하는 일, 못 찾아도 괜찮다.

내가 잘하는 일, 좀 없어도 괜찮다.

내 삶의 방향성, 그런 것 좀 나중에 찾아도 괜찮다.

인생의 수많은 선택지, 오답 좀 내도 괜찮다.

내게 꼭 맞는 회사, 못 들어가도 괜찮다.

자아실현을 어떻게 하는지, 몰라도 괜찮다.

내 사람이 없는 것 같아도, 괜찮다.

내가 사랑하는 사람이 떠나갔어도, 괜찮다.

어느 때라도 나에게

괜찮다고 말해줄 수 있는 나라면,

그것만으로도 정말 괜찮다.

그것만으로도 당신은 괜찮은 사람이다.

독서의 이유

일상이 정돈되지 않고 어디부터 어떻게 헝클어졌는
지조차 파악하기 어려울 때가 있다. 마음과 생각은
오만가지 주제를 붙들고 이리저리 방황한다.

그럴 때면 책을 편다. 흔들리는 마음에 무게중심을
잡아주고, 생각에는 또렷한 소실점을 만들어준다.
그렇게 한참 활자에 눈을 기대서 마음을 추스르고
나면, 이제 어디서부터 다시 정리해야 할지 차분하
게 바라볼 수 있게 된다.

환경과 자존감

언젠가 미국인 친구와 대화를 했다.

그 친구는 한국에 와서 들었던 말 중에

"너 진짜 얼굴 작다."가 가장 충격이었다고 했다.

친구는 그 말에 대해 어떤 반응을 해야 하는 건지

아예 감이 안 잡혔다고 했다.

'이게 칭찬인가?', '욕인가?', '신체적 특징을 짚어주

는 문화가 따로 있는 건가?'

미국에서 28년간 살면서, 사람의 '얼굴 크기'가 서로

다르다는 것을 인지해 본 적조차 없다고 했다. 한국

에 와서야 사람마다 얼굴 크기가 다르다는 것을 알

았다고 하니, 충격이었으리라. 한국에서는 '얼굴 크기'가 미의 기준이 될 수 있다는 점도 역시 충격이었다고 한다.

내게는 친구의 이야기 자체가 큰 충격이었다. 한평생 '얼굴 크기'에 대해서 생각을 하지 않는 사람들이 그렇게나 많다는 사실이 충격이었다.

사회가 정한 기준이 어느새 내 기준이 되는 경우가 있다. 나도 모르는 새에 그런 기준을 내면화하고 산다.

아마도 다른 곳에서 태어났다면, 내게는 완전히 다른 기준들이 있었을지도 모른다. 아니, 어쩌면 '기준'을 세운다는 생각도 안 해봤을 수도 있다. 그 친구에게 '얼굴 크기'란 살면서 한 번도 생각한 적 없는 요소인 것처럼.

내 자존감이 낮아서 낮은 게 아니라, 내가 너무 쉽게
도 기준을 수용하는 사람인 건 아닐까. 기준을 세우는
데 아무 기준이 없는 사람인 건 아닐까. 이런 생각을
하면서 비교적 자유로워질 수 있었다. 아무 의심도 해
본 적 없이 받아들인 그 기준들로부터.

세상엔 세 부류

세상엔 세 부류의 사람이 있다.

스스로 자존감이 높다고 말하는 사람.
스스로 자존감이 낮다고 말하는 사람.

그리고 '자존감'을 굳이 언급하지도 않으면서,
그에 대한 고민과 결핍 없이
자기 삶을 풍요롭게 일구는 사람.

이게 다 SNS

SNS가 처음 생겨났을 때는 '있는 그대로의 나'와 '있는 그대로의 일상'을 올렸다. 말도 안 되는 드립도 눈치 보지 않고 올렸고, 그에 대한 반응도 그만큼 편하게 올라왔다. 사람들의 반응을 고려하지 않고 포스팅할 수 있었다.

시간이 지나, 언제부턴가 SNS는 '있는 그대로의 나'에서 '보여지는 나'를 드러내는 공간이 되기 시작했다. 어느샌가 그 공간의 눈치를 보면서 내가 어떻게 '보여지고 싶은지'에 대해서 고민하기 시작했다.

내가 어떻게 보여질 것인지가 점점 더 중요해졌다. 내가 쓰는 글도, 내가 올리는 사진도 철저한 계산 하에 포스팅 되고 있었다. 자연스럽게 '있는 그대로의 나'가 사라졌고 어느새 '보여지는 나'만 남았다.

그렇게 '있는 그대로의 나'와 '보여지고 싶은 나' 사이에는 거리가 생기기 시작했다. 두 '나'는 점점 멀어졌다. 두 '나'의 불일치였다. 어느 날, 카톡을 탈퇴했고, 인스타 계정을 지우기까지 했다. 어느 날엔가 다시 이전처럼 SNS를 하고 있을지도 모른다. 두 '나'의 거리가 분명히 좁혀질 때쯤에.

쉬어가기

때로는 나를 알아가야 하는 것에 너무 지쳐버렸는
데, 세상이 자꾸 나를 알아가라고 하는 것만 같아서
지칠 때가 있다. 그렇게 가끔은, 아무것도 생각하지
않고, 아무것도 하지 않으면서 가만히 쉬고 싶다.
쉬어가고 싶다.

부적응자

나는 사회 부적응자다.
나는 아웃사이더다.
나는 비주류다.

그리고,

나는 사회를 나에게 적응시키려 애쓰는 사람이다.
나는 바깥쪽에서는 인사이더다.
나는 비주류라서 주류가 보지 못하는 것을 본다.

세상이 당신에게 너무도 쉽게 '사회 부적응자'라는
꼬리표를 붙이더라도, 작아지지 않았으면 좋겠다.
얼기설기 짜여 온 당신의 사연이, 당신의 이야기가,

당신의 끊이지 않는 내적 질문이 곧 당신이다.

당신이 어느 곳에서도 이해받지 못한다고 해서,
또는 당신의 존재가 쉽게 설명되지 못한다고 해서,
당신의 존재의의가 사라지는 건 아니다.
그러니까, 좀 더 당돌해지자.

'내가 세상에 어떻게 적응할 것인가.'
이 문장 앞에 도저히 답이 나오지 않는다면,
오히려 이렇게 되물어주자.
'너희가 나한테 어떻게 적응할 건지 알려줄래?'

온전한 삶

온전한 삶을 살고 싶다.
완전한 삶이 온전한 삶은 아니다.

그저 내 몫의 하루를 다하고, 내가 나를 한층 더 정
성스럽게 대할 수 있는 사람이면 좋겠다.

결과만 보면서 사는 삶이 아니라
과정을 충분히 주목하면서 살고 싶다.

나 자신에게 충분히 다정하지 못해서 뾰족하던 나를
점차 둥그렇게 만들어가면서 나에게 '애썼다'고 말
할 수 있으면 좋겠다.

후회나 우려 때문에 잠자리가 불편하지 않았으면 좋겠다. 온전한 하루를 보낸 것에 감사하고 나를 다독이며 그렇게 편안하게 잠들 수 있다면 좋겠다.

꿈꾸는 사람의 표정

몇 년 전에 중학교 동창을 우연한 자리에서 만나게
됐다. 지극히 평범한 모습으로 기억되는 그 친구를
처음엔 알아볼 수 없었다. 표정이 너무 빛이 났기 때
문이다. 사람의 표정이 이렇게까지 환할 수가 있는
건가?

친구랑 대화를 나누다 보니, 그가 몇 년 간 꿈을 좇
아서 자기 길을 개척하고 있었다는 것을 알게 됐다.
그 여정이 순수하게 행복해서 나온 표정인 것이다.
사람의 얼굴이 그렇게까지 빛날 수 있는지도 놀라웠
지만, 그렇게 평범하고 존재감이 없던 사람이 이렇
게까지 변할 수 있나, 하는 것이 더 큰 충격이었다.

나는 여전히 '꿈'이라는 건 다소 이상적이고, 현실에서 붕 떠 있고, 때론 희망고문이 될 뿐이며, 극히 일부의 운 좋은 사람들에게만 찾아오는 그야말로 꿈만 같은 일이라는 생각을 한다. 지금도 그 생각에 큰 변함은 없다. 나는 현실주의자니까.

그렇지만 꿈을 가진 사람의 표정에 대해서는 다르게 생각하게 됐다. 꿈이 있는 사람의 표정은 빛나고, 주위를 밝히는 힘이 있다. 그 표정은 이상적인 것이 아니라, 실제이며 지극히 현실적이다.

그 친구를 만나고 나서 나는 어떤 표정을 짓고 사는지 되돌아보게 된다. 몇 년이 지난 그 친구는 그렇게 꿈을 좇아 꿈같은 표정을 짓더니, 이제 다른 사람들의 꿈이 되었다.

그런 대우를 받지 않아도 되는 사람

스스로 모멸적인 대우를
받지 않아야 할 사람이라고 믿는다면,
그런 대우에 대해서 쉽게 경멸할 수 있다.

관계 속으로, 관계 밖으로

사회생활을 하니 관계가 자주 변한다. 학생 때완 다르게 고정된 관계가 없다는 생각에 피로감이 스멀스멀 올라오곤 한다. 너무 많은 관계에 속해있는 것은 부담이 된다. 그러다 보니 혼자가 편하다. 혼자 조용히 카페에 있고 싶고, 나에게만 온전히 관심을 두고 싶다. 나만의 동굴에서 가만히 생각에 잠기는 게 속 편하다.

그렇지만 외로운 건 또 싫다. 관계가 피곤하니 혼자의 동굴로 몸을 숨기지만, 그 시간이 너무 길어지면 그것도 쉬운 일이 아니다. '다 필요 없다'고, '혼자 잘 살 거'라고 외치지만 그게 말처럼 쉽지는 않다. 혼자 카페에 있어도 친구의 안부가 궁금하고 대화가 필요

해진다.

관계와 연결되어 있다는 것은 내게 안전한 기분을
들게 했지만, 또 그것이 나를 너무 잠식하지 않도록
거리를 두고 싶었다. 내가 나로서 멈춰있고 싶을 때
는 그런 시간을 허락하고, 내가 원할 때는 딱 만큼만
관계 속으로 걸어 들어가고 싶다. 그렇게 오늘도 거
리 두기 연습을 하고 있다.

시간은 누구 편

"나는 이 정도의 대우를 받을 사람이 아니다."

면접 프로세스를 7번 연기한 회사를 때려치우며, 자신감 넘치는 선언과 함께 프리랜서 생활을 시작했다. 그런 패기가 그 자체로 나쁜 것일 리가 없다. 그런데 패기를 지켜나가는 일이 쉽지 않았다. 의외의 복병이 너무나 많았다. 특히 아군이라고 생각했던 '시간'은 내 편이 아니었다. 시간이 많아지면 그동안 미뤄온 일들을 맘껏 다 할 수 있을 줄 알았다. 전혀 그렇지 않았다.

회사에 다닐 때는 빼앗긴 내 시간이 한 달에 얼마나 되는지 계산하면서 아까워했었지만, 막상 시간이 많

이 주어지니 나는 그걸 잘 활용하지 못했다. 내게 주
어진 시간은 불안을 먹고 자라 괴물이 되어 있었고,
나는 내 자유 시간에 압도되어 있었다.

그 회사를 끝으로 3년간 회사 생활을 하지 않았다.
이제야 프리랜서로 자리를 잡아가는 내게 친구들
은 종종 퇴사 상담을 요청한다. 나는 친구가 정신적
으로나 육체적으로 건강을 위협받는 수준이 아니라
고 하면, 퇴사를 최대한 말린다. 만일, 정 그래도 회
사를 나온다고 하면 '시간 잘 쓰는 법'을 연습하라고
말을 해준다.

"시간은 네 편이 아니야."

내 주위에 괜찮은 사람들이 없어

내 주위에 괜찮은 사람들이 없다는 생각만 하다가,
그렇게 환경 탓만 하다가, 내가 괜찮은 사람이 될 수
는 없는 건지 생각한 적이 있다. '내가 듣고 싶었던
말을 상대방에게 하는 사람이 되고, 내가 받고 싶은
행동을 상대방에게 하는 사람이 되자.'

그렇게 몇 년을 지나 보내고 내 주위엔 괜찮은 사람
들이 많아졌다. 그저 괜찮은 사람이고 싶어서 조금
씩 노력했을 뿐인데, 많은 게 바뀌어 있었다.

주위 탓을 할 필요는 없다. 내가 변화의 중심이 될
수도 있는 것이니까. 그러면 나를 중심에 두고 모든
게 바뀌니까.

부모님

나도 나이를 먹어간다. 엄마가 처음으로 엄마가 되었을 때의 나이가 되었고, 아빠가 처음으로 아빠가 되었을 때의 나이가 되었다.

어떻게 내 나이에 아이를 낳았을까. 어떻게 길렀을까. 지금의 나는, 나 하나 길러 내기도 쉽지 않은데.

그렇게 그들이 보내온 시간이 점차 선명하게 보인다. 한평생 모순을 끌어안고 살아온, 상처를 제때 다독이지 못하고 달려온, 처음 해보는 '엄마'와 '아빠'라는 역할을 소화하면서 인생을 배워온, 충분히 준비되지 못한채 우리를 길러 낸 그 시절이 보인다. 나는 누군가에게 그런 뒷모습을 남길 수 있을까.

예민보스

내가 필요 이상으로 예민한 사람인지 따지지 않기로
했다. 내가 예민한 게 아니라, 상대가 너무 둔감한
거다.

내가 필요 이상으로 섬세한 사람인 건지 생각하지
않기로 했다. 내가 섬세하다기보다는 세상이 너무
무심한 거다.

운전을 배우다

엉뚱한 일이다.

운전을 시작하고 자존감이 높아졌다.

이제 나는 네비가 안내하는 대로 핸들을 쥐고 방향
을 틀 수 있다. 도로 사정에 따라서 내가 원하는 만
큼 달릴 수 있다. 아니, 네비의 안내를 무시하고 아
무 길로나 진입할 수도 있다. 이제 나는 내가 원하는
곳에 닿을 수 있고, 운전 중엔 내가 원하는 음악도
들을 수도 있다. 정글 같은 도심에서 내가 원하는 방
향으로 조금씩 전진할 수 있게 됐다.

내 삶의 핸들을 내가 쥐고 있다는 감각.

내 삶의 방향을 내가 좌우할 수 있다는 자각.

그것이 자존감에 큰 부분을 차지한다는 걸 알게 됐
다. 도로 사정이 엉망일 때도, 운전할 땐 그렇게 즐
거울 수가 없다.

내가 뭘 알아

퇴사하고 원하는 일을 찾은 친구들이 있다. 퇴사를 원했지만, 회사 생활을 힘겹게 이어가는 친구도 있다.

퇴사를 하고 형편이 더 어려워진 친구도 있다. 회사 생활에 또 다른 재미를 찾고 즐겁게 다니는 친구도 있다.

자의든, 타의든, 회사 밖에 있든, 회사 안에 있든, 누구나 애쓰면서 살고 있다는 것을 알았으면 좋겠다.

무책임하게 퇴사를 하는 것처럼 보이는 친구에게도, '퇴사'를 입에 달고 살지만 자기 자리를 치열하게 지키는 회사원 친구에게도, 그리고 입사를 희망하지만 여전히 그게 쉽지 않은 친구에게도 모두 사정이 있다. 모두 사연이 있다.

세상이 그들을 보고 쉽게 말하지 않았으면 좋겠다. 누군가가 나에 대해 쉽게 말하는 것은 참기 어렵다. 네가 뭘 안다고. 나는 뭘 안다고.

아무도 신경 안 써

나는 손이 아주 작다. 내 작은 손을 되도록 감추고
살았다. 사람을 만나는 자리에선 손가락을 모으고
있거나, 테이블 밑에 손을 내려놓아 상대방이 눈치
채지 못하게 만들었다. 누군가에게 눈에 띄는 게 싫
었다.

어느 날, 친구가 자기 이마가 좁은 게 컴플렉스라고
한껏 호소했다. 나는 그 친구가 그 말을 꺼내기 전까
지 그 친구의 이마가 좁은 편이라는 생각을 한 적이
없었다. 그렇게 말을 하고 보니 남들보다 좁은 편이
라고는 생각했지만, 그가 말해주기 전까지는 단 한
번도 생각한 적이 없었다.

그렇게 컴플렉스를 벗어나는 방법에 대해 알게 됐다. 사람들은 나를 그렇게까지 신경 쓰지 않는다. 그렇게까지 신경 쓸 여유가 없어서일 수도 있고, 혹은 자기 생각에 바쁠지도 모른다. 말해주기 전까지는 한 번도 신경 쓴 적이 없는데, 혼자서 너무 골머리를 앓고 있을 필요는 없다.

그렇게 생각하고 나자 이상한 해방감이 있었다. 아무도 관심 주지 않는 주제에 대해서 끙끙거리는 내가 어리석게 느껴졌다. 내 삶에 신경 쓸 일이 그렇게나 많은데, 아무도 신경 안 쓰는 내 '손'을 갖고 왜 그렇게 씨름했을까. 이제는 어디서도 손을 가리고 다니지 않는다.

그렇게 필명은 '소손'으로 정했다.

내 문장은 여기까지입니다.

지금 당신의 삶엔 어떤 문장이 쓰이고 있나요?

나와 너와 세상에 맞서느라

나를 지키지 못했던 나에게

그리고 당신에게

무너지는 자존감을 어찌할 수 없을 때

초판 1쇄 발행 2020년 5월 20일

지은이 소손
펴낸이 강주원
펴낸곳 비로소

이메일 biroso_publisher@naver.com
인스타그램 @biroso_publisher

등록번호 2019년 9월 10일(제2019-000030호)

ISBN 979-11-966565-3-9 03810